南部新书 茅亭客话

[宋] 钱易 黄休复 撰

尚成 李梦生 校点

图书在版编目(CIP)数据

南部新书 茅亭客话 /(宋)钱易 黄休复撰;尚成
李梦生校点. —上海：上海古籍出版社，2012.11(2023.8 重印)
（历代笔记小说大观）
ISBN 978-7-5325-6371-5

Ⅰ.①南… ②茅… Ⅱ.①钱… ②黄… ③尚… ④李…
Ⅲ.①笔记小说-小说集-中国-宋代 Ⅳ.①I242.1

中国版本图书馆 CIP 数据核字(2012)第 045510 号

历代笔记小说大观

南部新书 茅亭客话

［宋］钱易 黄休复 撰

尚成 李梦生 校点

上海古籍出版社出版发行

（上海市闵行区号景路 159 弄 1-5 号 A 座 5F 邮政编码 201101）

(1) 网址：www.guji.com.cn

(2) E-mail：guji1@guji.com.cn

(3) 易文网网址：www.ewen.co

常熟文化印刷有限公司印刷

开本 635×965 1/16 印张 10 插页 2 字数 70,000

2012 年 11 月第 1 版 2023 年 8 月第 2 次印刷

印数：2,101—3,200

ISBN 978-7-5325-6371-5

I·2525 定价：25.00 元

如有质量问题，请与承印公司联系

总　目

南 部 新 书

[宋] 钱 易 撰
　　尚 成 校点

校 点 说 明

　　《南部新书》十卷，宋钱易撰。易字希白，杭州临安人，五代吴越国王钱俶之侄。入宋，为真宗朝翰林学士。钱易少有文名，博闻强记，潜心国史。史传载其有著作二百八十卷，今仅存是帙。

　　本书成于大中祥符间（1008—1016）。据书前钱明逸序，全书原"凡三万五千言，事实千，成编五，列卷十"。现所见之本多有散乱。其以干支为序，记事凡八百余条。内容多涉及唐代朝野掌故和遗闻轶事，亦兼及五代。其中以记载主要官职的兴废、朝章政制的因革和官场仪式的掌故为主，对研究唐代政治史颇具参考价值；而书中不少有关唐代科举制、文学家故事的著录，又有裨于文学史的研究。

　　《南部新书》最早见录于晁公武《郡斋读书志》，后有抄本流传。今以《学津讨原》本为底本，以《粤雅堂丛书》、文渊阁《四库全书》等版本参校，并断句标点。校勘时凡遇异文，则从善而定，不出校记。

目　　录

序

　　先君尚书，在章圣朝祥符中，以度支员外郎直集贤院，宰开封。民事多闲，潜心国史。博闻强记，研深覃精。至于前言往行，孜孜念虑，尝如不及。得一善事，疏于方册，旷日持久，乃成编轴，命曰《南部新书》。凡三万五千言，事实千，成编五，列卷十。其间所纪，则无远近耳目所不接熟者，事无纤巨善恶足为鉴诚者，忠鲠孝义可以劝臣子，因果报应可以警愚俗，典章仪式可以识国体，风谊廉让可以励节概。机辩敏悟，怪奇迥特，亦所以志难知而广多闻。《尔雅》为六艺钤键，而采谣志、考方语；周《诗》形四方，风雅比兴，多虫鱼草木之类。小子不肖，叨继科目，尝践世宦，假字宫钥，浚涠事休，阅绎家集；因以新书次为门类，缮写净本，致于乡曲，以图刊镂。昔班氏家有赐书而擅史学，王涯之以左右旧事缄于青箱，卒用名代，敢跂而及，聊缉先志云。子翰林侍读学士钱明逸序。嘉祐元年十一月十二日。

甲

自武德至长安四年已前,尚书左右仆射并是正宰相。初豆卢钦望拜左仆射,不言同中书门下三品,不敢参议朝政。数日后,始有诏加知军国重事。至景云二年,韦安石除仆射,不带同三品。自后空除仆射,不是宰相,遂为故事。至德二年,宰相直主政事笔,每人知十日。至贞元十年,又分每人轮一日执笔。

尚书诸厅,历者有壁记,入相则以朱点之。元和后,惟膳部厅持国柄者最多。时省中谓之朱点厅。韦夏卿与弟正卿,大历中同日登制科,皆曰:"今日盛事,全归二难之手。"

韩昆大历中为制科第三等敕头,代皇异之。诏下日,坐以采舆翠笼,命近臣持采仗鞭,厚锡缯帛,以示殊泽。

常衮自礼部侍郎入相,时潘炎为舍人引麻,因戏之曰:"留取破麻鞋著。"及衮视事,不浃旬果除。

凌烟阁在西内三清殿侧,画像皆北面。阁中有中隔,隔内面北写"功高宰辅",南面写"功高侯王",隔外面次第功臣。

证圣元年正月,明堂灾,重造天册万岁殿。二年三月成,号为通天宫。

项斯始未为闻人,因以卷谒江西杨敬之,杨甚爱之,赠诗云:"几度见诗诗尽好,及观标格过于诗。平生不解藏人善,到处逢人说项斯。"未几诗达长安,斯明年登上第。

上元中,长安东内始置延英殿,每侍臣赐对,则左右悉去。故直言谠议,尽得上达。

李听为羽林将军,有名马。穆皇在东宫,讽听献之,听以总兵不从。及即位,太原拟帅皆不允,谓宰臣曰:"李听为羽林将军,不与朕马,是必可任。"遂降制。

开元御札云:"朕之兄弟,惟有五人,比为方伯,岁一朝见。虽载崇藩屏,而有暌谈笑,是以辍牧人而各守京职,每听政之后,延入宫中，申'友于'之志，咏《棠棣》之诗，邕邕如，怡怡如，展天伦之爱也。"

祠部省中谓之冰厅，言其清且冷也。

尚书省东南向阳通衢有小桥，相承曰拗项桥，言御史及殿中久次者至此，必拗项而望南宫也。

都堂南门道东有古槐，垂阴至广，或夜闻丝竹之音，则省中有入相者，俗谓之音声树。

二十四司印，故事悉纳直厅。每郎官交印时，吏人悬之于臂以相授，颇觉为繁。杨虔州虞卿任吏部员外郎，始置匣加镝以贮之，人以为便，至今不改。

始无笏囊，皆摽笏于马上。张曲江清瘦不任，乃置笏囊。

秘书省内落星石，薛稷画鹤，贺知章草书，郎令徐画凤，相传号为"四绝"。元和中，韩公武为校书郎，挟弹中鹤一眼，时人乃谓之"五绝"。又省之东即右威卫，荒秽摧毁，其大厅逼校正院，南对御史台，有人嘲之曰："门缘御史塞，厅被校书侵。"

曹确、杨收、徐商、路岩同秉政，外有嘲之曰："确确无余事，钱财总被收。商人都不管，货赂几时休。"

李林甫寡薄，中表有诞子者，以书贺之云："知有弄獐之庆。"

郑注镇凤翔，皆择贞正之士以为幕席，亦欲遏其邪行。及注败，皆为监军所诛。

温大雅武德中为黄门侍郎，弟彦博为中书侍郎。高祖曰："我起义晋阳，为卿一门耳。"后弟大有又除中书侍郎。

中书省有磐石，初薛道衡为内史侍郎，常踞其石草诏。后孙元超每见此石，未尝不泫然。

施肩吾与赵嘏同年，不睦。嘏旧失一目，以假珠代其精，故施嘲之曰："二十九人同及第，五十七只眼看花。"元和十五年也。

女道士鱼玄机，住咸宜观，工篇什。杀婢绿翘，甚切害，事败弃市。

崔四八，即慎由之子，小名缁郎。天下呼油为麻膏，故谓之麻膏相公。

开元中，岐、薛以下，轮日载笔于乘舆前，作内起居注，四季朱印联名，牒送史馆。至天宝十载季冬，已成三百卷。率以五十幅黄麻为一编，雕檀轴紫凤绫表，遂别起大阁贮之。逆胡陷西京，先以火千炬焚是阁，移时灰灭，故实录百不叙及一二。

小许公从工部侍郎除中书舍人，便供政事食，明日加知制诰。舍人有政事食，自此为始。

大和中，上自延英退，独召柳公权对。上不悦曰："今日一场大奇也。嗣复李珏道张讽是奇才，请与近密官。郑覃夷行即云是奸邪，须斥之于岭外。教我如何即是？"公权奏曰："允执厥中。"上曰："如何是允执厥中？"又奏："嗣复李珏既言是奇才，即不合斥于岭外；郑覃夷行既云是奸邪，亦不合致于近密。若且与荆、襄间一郡守，此近于允执厥中。"旬日又召对，上曰："允执厥中，向道也是。"张遂为郡守。

贾曾除中书舍人，以父名忠，固辞之。言者以中书是曹司名，父之名又同音名别，于礼无嫌。曾乃就职。

开元七年赐百僚射，金部员外卢廙、职方郎中李畬俱非善射，箭不及垛而互言工拙。畬戏曰："与卢箭俱三十步。"左右不晓，畬曰："去垛三十步，卢箭去畬三十步。"

李白，山东人，父任城尉，因家焉。少与鲁人诸生隐徂来山，号"竹溪六逸"。天宝中游会稽，与吴筠隐剡中。筠征赴阙，荐之于朝，与筠俱待诏翰林。俗称蜀人，非也。今任城令厅石记，白之词也，尚在焉。

江西私酿酒法尤严，王仲舒廉察日，奏罢之。

宰相门下省议事，谓之政事堂。永淳中，裴炎为中书令，始移就中书省。政事印亦改中书门下之印。

开元中，花萼楼大酺，人众莫遏。遂命严安之定场，以笏画地，无一辈敢犯。

卢携尝题司空图壁云："姓氏司空贵，官班御史卑。老夫如且在，不用叹屯奇。"

龙朔中，杨思元恃外戚，典选多排斥选士，为选人夏彪讼之。御史中丞郎馀庆弹奏免官。许南阳曰："故知杨吏部之败。"或问之，许曰："一彪一狼，共看一羊，不败何待？"

开元皇帝为潞州别驾，乞假归京。值暮春，戎服臂鹰于野次。时有豪氏子十余辈，供帐于昆明。上时突会，座中有持酒船唱令曰："今日宜以门族官品。"至上，笑曰："曾祖天子，祖天子，父相王，临淄郡王李某。"诸辈惊散。上联举三船，尽一巨觥而去。

襄王僭伪，朱玫秉政，百揆失序，逼李拯为内署。拯常吟曰："紫宸朝罢缀鹓鸾，丹凤楼前驻马看。唯有终南山色在，晴明依旧满长安。"拯终为乱兵所杀。

武德七年，遣刑部尚书沈叔安携天尊像赐高丽，仍令道士往彼讲《道德经》。

自先天初至开元十五年，仪同者四人：姚崇、宋璟、王同皎、王毛仲。

唐法：亲王食封八百户，有至一千户；公主三百户；长公主五百户，有至六百户；唯太平、相王逾此制。

黄巢入青门，坊市聚观。尚让慰晓市人曰："黄王为生灵，不似李家。"其悖也如此。

长安令李济得罪因奴，万年令霍晏得罪因婢。故赵纵之奴当千，论纵阴事，张镒疏而杖杀之。纵，即郭令之聱。

建中末，姚况有功于国，为太子中舍人。旱蝗之岁，以俸薄不自给而以馁终。哀哉！

田神功大历八年卒于京师，许百官吊丧。上赐屏风裀褥于灵座，并赐千僧斋以追福。至德以来，将帅不兼三事者，哀荣无比。

柳浑旧名载，为朱泚所逼。及克复，上言曰："顷为狂贼点秽，臣实耻称旧名。劽字画带戈，时当偃武，请改名浑。"浑后入相，封宜城公，谓之柳宜城。

韦觊著《易蕴》，甚有奥旨。觊，见素孙。

郭令公终始之道无缺焉，惟以潜怒判官张谭，诬奏杖杀之，物议为薄。

张巡每战大呼，牙齿皆碎。及败，尹子奇视之，其齿存者不过三四。初守宁陵也，使许远诣贺兰进明乞救兵，进明大宴，远不下喉，自啮一指为食。进明终不应，以至于破。

贞观中，择官户蕃口之少年骁勇者数百人，每出游猎，持弓矢于御马前射生，令骑豹文韀，著兽文彩衫，谓之百骑。至则天渐加其人，谓之千骑。孝和又增之万骑，皆置使以领之。

彭偃与朱泚下伪诏曰："幽囚之中，神器自至。岂朕薄德，所能经营。"泚败偃诛，其妖乱也如此。

大和九年冬，甘露事败，将相弃市。王璠谓王涯曰："当初劝君斩却郑注，斩之岂有此事也。"此虽临刑之言，然固当矣。

梁祖常言于昭皇："赵崇是轻薄团头，于鄂州座上，佯不识骆驼，呼为山驴王。"遂阻三事之拜。此亦挫韩偓也。

王皇后开元中恩宠日衰而不自安，一日诉之曰："三郎独不记阿忠脱新紫半臂，更得一斗面，为三郎生日作煎饼耶？"上戚然悯之，而余恩获延三载。

武德初，史馆尚隶秘书省著作局。贞观三年移于门下省北，宰相监修。自是著作局始罢史职。

公孙罗为沛王府参军，撰《文选音义》十卷。罗，唐初人。

开元中，裴光庭为侍中，门下过官，委主事阎麟之裁定，随口下笔。时人语曰："麟之口，光庭手。"物议丑之。

张延赏怙权矜己，嫉柳浑之守正，使人谓之曰："相公旧德，但节言于庙堂，则名位可久。"浑曰："为吾谢张相公，柳浑头可断，而舌不可禁。"

王缙在太原，旧将王无纵等恃功，且以缙儒者易之，每事多违约束。一朝悉召斩之，将校股慄。

大历中，陇州猫鼠同乳，率百僚贺。崔祐甫独奏曰："仁则仁矣，无乃失于性乎。"

李邕自滑州上计也，京洛阡陌聚观，以为古人。盖邕负美名，频被贬斥，剥落在外也。

元德秀字紫芝，为鲁山令，有清德。天宝十三年卒，门人相与谥为文行先生。士大夫高其行，不名，谓之元鲁山。

驸马都尉郑潜曜，睿皇之外孙，尚明皇第十二女临晋长公主，母即代国长公主也。开元中母寝疾，曜刺血濡奏章，请以身代。及焚章，独"神道许"三字不化。翌日主疾间。至哉，孝子也。

殿中监、少监、尚衣、尚舍、尚辇，大朝会皆分左右，随伞扇立，入阁亦同之。

牛僧孺三贬至循州，本传不言，漏略也。

李景让典贡年，有李复言者，纳省卷，有《纂异》一部十卷。榜出曰："事非经济，动涉虚妄，其所纳仰贡院驱使官却还。"复言因此罢举。

古押牙者富平居，有游侠之才，多奇计，往往通于宫禁。

五月一日御宣政殿，百僚相见之仪，贞元已来常行之，自后多阙。

崆峒山在松州属龙州，西北接蕃界。蜀破后路不通，即非空桐也。

长安中秋望夜，有人闻鬼吟曰："六街鼓歇行人绝，九衢茫茫空有月。"又闻有和者曰："九衢日生何劳劳，长安土尽槐根高。"俗云务本西门是鬼市，或风雨晦冥，皆闻其喧聚之声，怪哉！

大和中，程修己以书进见，尝举孝廉，故文皇待之弥厚。会春暮，内殿赏牡丹花，上颇好诗，因问修己曰："今京邑人传牡丹诗，谁为首出？"对曰："中书舍人李正封诗：'天香夜染衣，国色朝酣酒。'"时杨妃侍，上曰："妆台前宜饮以一紫盏酒，则正封之诗见矣。"

高宗欲废王皇后，立武昭仪，犹豫未定。许南阳宣言于朝曰："田舍翁购种，得十斛麦，尚须换却旧妇。况天子富有四海，立一皇后，有何不可？"上意乃定。吁，牝鸡之孽，泊移土德，过始于南阳。

白乐天之母，因看花坠井。后有排摈者，以《赏花》、《新井》之作左迁。穆皇尝题柱曰："此人一生争得水吃。"

张介然天宝中为尉卫卿，因入奏曰："臣今三品，合列棨戟，若列于帝城，乡里不知。臣河东人也，请列戟于故乡。"上曰："所给可列故乡，京城仁当别赐。"本乡列戟，介然始也。

京兆尹黎幹，戎州人也，尝白事于王缙。缙曰："尹南方尹子也，安知朝礼？"其慢而侮人率如此。

总章中，天子服婆罗门药，郝处俊谏曰："修短有天命，未闻万乘之主，轻服蕃夷之药。"

贞元中，邕州经略使陈昙怒判官刘缓，杖之二十五而卒。卒之日，昙得疾，见缓为祟而卒。

韦氏专制，明皇忧甚，独密言于王琚。琚曰："乱则杀之，又何疑！"

开元中，诸王友爱特甚，常谓近侍曰："思作长枕大被，与诸王同卧。"

鄱阳人张朝为猛兽所搏噬，其家犬名小狸救之获免。

中书省柳树久枯死，兴元二年车驾还而柳活。明年，吕渭以为礼部赋，上甚恶之。

卢群昔寓居郑州，典贴得良田，及为郑滑节度，悉召其主还之。时以为美谈。

自贞元来，多令中官强买市人物，谓之"宫市"。

日本国大臣曰真人，犹中朝户部尚书。

郭代公元振为西凉州牧，时西蕃酋帅乌质勒强盛，元振为之立语。俄顷雪下盈尺，质勒既老，久立，归而遂死。人谓诡杀乌质勒。

路随孝行清俭，常闭门不见宾客。状貌酷似其先人，以此未尝视镜。又感其父没蕃，终身不背西坐，其寝以西首。

乙

贞元十二年，卢迈丧弟，请出城临。近年宰相多拘守，而迈有此行，时人美之。

裴延龄缀缉裴骃所注《史记》之阙，自号"小裴"。

杨氏于静恭一房犹盛，汝士虞卿，汉公鲁士是也。虞卿生知退，知退生堪，堪生承休，承休生岩，岩生郁，郁生罩。罩太平兴国八年成名，近为谏议大夫，知广州卒。堪为翰林承旨学士，随僖皇幸蜀，在中和院。承休自刑部员外郎使浙右，值多难，水陆相阻，遂不归。岩侍行，十六矣。我曾祖武肃辟之幕下。先人承袭，岩已为丞相。及叔父西上，岩以图籍入觐，卒于秀州，年八十余。今刑部郎中直集贤院侃，亦岩之第三子郾孙也，螾之子。司封员外郎蜕，即岩第三子郾之子。郾入京为员外郎分司，判西台卒。侃端拱二年成名。蜕淳化三年登科。修行即四李也。发愆、收岩、履道，即凭、冰、凝也。新昌即於陵也。后涉入相，即修行房也。制下之日，母氏垂泣不悦，以收故也。

萧氏登三事者多于他族，首于瑀，嵩、华、俛、傲、真、遘、顷次之。

贞元十二年天子降诞日，诏儒官与缁黄讲论。初若矛楯相向，后类江海同归。三殿谈经，自此始也。

韩皋自京尹贬抚州司马，召左执金吾奏于延英，面受京尹，便令视事，时尚未有制。

金銮殿始立于金銮坡，至朱梁始改为金銮殿焉。

开元中，笔匠者名铁头，能莹竹如玉，人莫传其法也。

妇人之贵，无出于苗夫人：晋卿之女，张嘉贞之新妇，延赏之妻，弘静之母，韦皋外姑。

王徽为相只一日。中和五年二月，除昭义节制，徽上表乞免。词曰："六年内署，虽叨捧日之荣；一日台司，未展致君之恳。"后萧寊拜相，度降麻日薨。陆希声登庸，未上弃世。今徽之曾孙平叔，见任礼博。希声之子宾于，终于殿省。

凡中书有军国政事，则中书舍人各执所见，杂署其名，谓之五花判事。其舍人中选一人明练政事者，专典机密，谓之解事舍人。

开元中，将军宋清有神剑，后为瓜州牧李广琛所得。哥舒翰知而求之，广琛不与，因赠诗曰："刻舟寻已化，弹铗未酬恩。"

永徽元年五月，吐火罗国遣使献大鸟，高七尺，其足如驼，鼓翅而行，日三百里，能啖铜铁，夷俗呼为驼鸟。

贞观二十三年，始改治书御史为御史中丞。其年亦改诸州治中为司马，礼部郎为奉礼郎。

仪凤二年，长安光宅坊掘得石函，函之内有佛舍利万余粒。

贞元十二年，上宴宰相于麟德殿之东亭，令施屏风于坐位之后，画汉魏以下名臣，并列善言美事。

永徽五年，吐蕃献大佛庐，高五丈，广二十步。

祖咏试《雪霁望终南》诗，限六十字。成至四句，纳主司。诘之，对曰："意尽。"

咸通九年正月，始以李赞皇孙延古起家为集贤校理。

诸名族重京官而轻外任，故杨汝士建节后诗云："抛却弓刀上砌台，上方楼殿窣云开。山僧见我衣裳窄，知道新从战地来。"又云："如今老大骑官马，羞向关西道姓杨。"

贞元十四年，初令金吾不要奏朝官相过，从张建封奏也。

旧皆传呼。贞观十年，马周奏置街鼓以代，传呼自此而罢。

永徽五年八月，蒋孝璋除尚药奉御员外。置同正员员外官，始自此。

贞元后，每岁二月八日，总章寺佛牙开，至十五日毕。四月八日，崇圣寺佛牙开，至十五日毕。此牙即那吒太子上宣律师者。

进士春关宴曲江亭，在五六月间。一春宴会，有何士参者，都主其事，多有欠其宴罚钱者，须待纳足，始肯置宴。盖未过此宴，不得出京，人戏谓何士参索债宴。士参卒，其子汉儒继其父业。南院驱使官郑镕者，知名天下，后亦官至宣州判司。故宛陵王公凝判醝，充职，得朝散阶。如郑镕与何士参及堂门官张良佐，皆应三数百年在在于人口。

李林甫开元初为中允，时源乾曜为侍中，是中表之戚，托其子求司门郎中。乾曜曰："郎官须有素行才望高者，哥奴岂是郎官耶？"数日除谕德。哥奴，林甫小字。

明皇末年在华清宫，值正月望，欲夜游，陈元礼奏曰："宫外即是旷野，须有预备。若欲夜游，愿归城阙。"

大历中禁屠杀，而郭子仪隶人杀羊，裴谞尹京具奏之。或言郭公有社稷功，岂不为盖之。裴笑曰："非尔所解：郭公权太盛，上新即位，必谓党附者众。吾今发其细过，以明其不弄权，用安大臣耳。"人皆是之。谞五世为河南尹，坐未尝当正位。

贞元十二年始置掖庭局令。

吏部有四拗：冬纳文书之始，却谓之选门闭；四月秋省事毕，反谓之选门开；选人各在令史门前，谓之某家百姓；南场判后，状却粘在判前。

韦皋见辱于张延赏，崔圆受薄于李彦允，皆丈人子聟。后韦为张西川交代，崔杀李殊死。

赵光逢有时称，谓之玉界尺。

郑滑卢宏正尚书题柳泉驿云："余自歙州刺史除度支郎中，八月十七日午时过永济渡却。自度支郎中除郑州刺史，亦以八月十七日午时过永济渡。从吏部郎中除楚州刺史，以六月十四日宿湖城县。今年从楚州刺史除给事中，计程亦合是六月十四日湖城县宿。事虽偶然，亦冥数也。"

韩偓，即瞻之子也，兄仪。瞻与李义山同年，集中谓之"韩冬郎"是也。故题偓云："七岁裁诗走马成。"冬郎，偓小名。偓字致光。

王右丞善琵琶，贾魏公善琴，皆妙绝一时。

李郃除贺州，人言不熟台阁，故著《骰子选格》。

贞元二年，以右常侍于頔为左千牛卫上将军，少府监李忠诚为千牛卫上将军，司农卿姚明敭为右领军大将军，右庶子裴谞为右千牛卫大将军，参用文武也。

韩滉，浙西统制一方，颇著勤绩。晚途政甚苛惨，亦可惜也。

咸通九年，刘允章放榜后，奏新进士春关前，择日谒谢先师，皆服青襟介帻，有洙泗之风焉。

长安四月以后，自堂厨至百司厨，通谓之樱笋厨。公馔之盛，常日不同。

每岁寒食，荐饧粥鸡球等，又荐雷子车。至清明尚食，内园官小儿于殿前钻火，先得火者进上，赐绢三匹，碗一口。都人并在延恩门看人出城洒扫，车马喧阗。新进士则于月灯阁置打球之宴，或赐宰臣以下酴醾酒。即重酿酒也。

贞元中，蔡帅陈先奇于李希烈庭中得钱一文，大小如开通之状，文曰"天下太平"。

自唐初来历五院惟三人：李朝隐、张延赏、温造。五院谓监察、殿中、侍御史、中丞、大夫。

贞元十八年五月，以祠部员外郎裴秦检校兵部郎中，兼中丞、安南都护本管经略使，殊拜也。

顾况志尚疏逸，近于方外。时宰招以好官，况以诗答之云："四海如今已太平，相公何用唤狂生。此身还似笼中鹤，东望瀛洲叫一声。"

贞元初，山人邓思齐献威灵仙草，出商州，能愈众疾。禁中试有效，特令编付史馆。

贞元十七年，翰林待诏戴少平死，十六日复生。

宋邧为补阙，与同省候李崖州，而笑语稍闻。浃旬除河清令。

长安举子自六月以后，落第者不出京，谓之过夏。多借静坊庙院及闲宅居住，作新文章，谓之夏课。亦有十人五人酿率酒馔，请题目于知己朝达，谓之"私试"。七月后投献新课，并于诸州府拔解。人为语曰："槐花黄，举子忙。"

郭幼明，子仪之母弟，无学术武艺，但善饮酒，好会宾客而已。卒亦赠太子太傅。

孔巢父使田悦，谓之曰："不早归国，为一好贼尔。"悦曰："为贼既曰好贼，为臣当作功臣。"

开元、天宝间有内三司，置于禁中，内职有权要者掌之。天下财谷，著之簿间，毫发无隐。

韦贯之及第年，建议曰："今岁有司放榜，春关以前，请以新及第为名。"至今不改。

韦肇初及第，偶于慈恩寺塔下题名。后进慕效之，遂成故事。

令狐楚久为太常博士，有诗云："何日肩三署，终年尾百僚。"

梁祖欲以牙将张延范为太常卿，诸相议之。裴枢曰："延范勋臣，幸有方镇节钺之命，何籍乐卿？恐非梁王之旨。"乃持之不与，裴终以此受祸。

岁除日太常卿领官属乐吏，并护僮侲子千人，晚入内，至夜于寝殿前进傩。然蜡炬，燎沉檀，荧煌如昼，上与亲王妃主已下观之，其夕赏赐甚多。是日衣冠家子弟多觅侲子之衣，着而窃看宫中。顷有进士臧童者老矣，偶为人牵率，同入其间，为乐吏所驱，时有一跌，不敢抬头视。执犒牛尾拂子，鞠躬宛转，随队唱夜好千匝于广庭之中。及将旦得出，不胜困劣，扶舁而归。一病六十日，而就试不得。

政事堂有后门，盖宰相时过舍人院，咨访政事，以自广也。常衮塞之，以示尊大。凡有公事商量，即降宣付阁门，开延英。阁门翻宣申中书，并榜正衙门。如中书有公事敷奏，即宰臣入榜子，奏请开延英。又一说：延英殿即灵芝殿也，谓之小延英。苗晋卿居相，以足疾，上每于此待之。宰相对小延英，自此始也。

李揆秉政，苗侍中荐元载，揆不纳。谓晋卿曰："龙章凤姿之士，不可见獐头鼠目之人，乃求官耶！"及载入相，除揆秘书监，江淮养疾，凡十余年。

五方师子本领出在太常，靖恭崔尚书邠为乐卿，左军并教坊曾移牒索此戏，称云备行从。崔公判回牒不与阅。傩日如方镇大享，屈诸司侍郎两省官同看。崔公时在色养之下，自靖恭坊露冕从板舆入太常寺棚中，百官皆取路回避，不敢直冲，时论荣之。

卢杞貌丑而蓝色，人皆鬼视之。

陈少游除桂察，许中人董秀岁供五万米，行贩越察。

故事，诸官兼大夫中丞，但升在本官之上。贞元中，元涵为苏州刺史兼御史大夫，便判台事。

父子知举三家：高锴子湜湜，于邵子允躬，崔郾子瑶。惟崔氏相去只二十年。

吏部故事，放长名榜，旧语曰："长名以前，选人属侍郎；长名已后，侍郎属选人。"

吏部常式，举选人家状，须云："中形，黄白色，少有髭。"或武选人家状，云："长形，紫黑色，多有髭。"

西蕃诸国通唐使处，置铜鱼雄雌相合十二只，皆铭其国名第一至十二，雄者留内，雌者付本国。如国使正月来赍第一鱼，余同准此。闰月即赍本月而已。校其雌雄合，依常礼待之，差谬即按。至开元末鸿胪奏蕃国背叛，铜鱼多散失，始令所司改铸。

大和中，上谓宰臣曰："明经会义否？"宰臣曰："明经只念经疏，不会经义。"帝曰："只念经疏，何异鹦鹉能言？"

贞元中，裴肃为常州刺史，以进奉为越察。刘赞死于宣州，判官严绶领军进奏，为刑部员外。天下刺史进奉，自裴肃始；判官进奏，自严绶始。

郑云逵由朱滔军逃归长安，自卢龙掌记、检校祠部员外郎，除谏议大夫。

徐浩，越州人，峤之子。三迁右拾遗，并充丽正殿校理。

绛州碧落观碑文，乃高祖子韩王元嘉四男为元妃所制，陈惟玉书。今不知者，妄有怪说。但背有"碧落"二字，故传为碧落碑。

白傅与赞皇不协，白每有所寄文章，李缄之一箧，未尝开。刘三复或请之，曰："见词翰，则回吾心矣。"

蕃中飞鸟使，中国之驿骑也。

旧制，起居院在中书省内。

贞元中，太常奏每年小大中祠，共七十七祭。

天宝中语云："殷、颜、柳、陆、萧、李、邵、赵。"以其行义敦交也。殷寅、颜真卿、柳芳、陆据、萧颖士、李华、邵轸、赵骅。

天后时，太常丞李嗣真闻东夷三曲一遍，援胡琴弹之，无一声遗忘。

五原有冤狱，颜真卿为御史辨之，天方旱，狱决乃雨。复有郑延祚者，母卒二十九年，殡僧舍垣地，真卿劾奏之，兄弟皆不齿，天下耸动。

旧制,中书舍人分押六曹,以平奏报。贞元中卢杞为相,请分之,杨炎固以为不可。

贞元元年十一月,京兆奏有人于长兴坊得玉玺,文曰"天子信玺"。

奘三藏至西域,入维摩诘方丈。及还,将纪年月于壁,染翰欲书,约行数千百步,终不及墙。

元和中,李绛、崔群同掌密命,韦贯之、裴度知制诰,李简中丞并裴垍在翰林日所举,皆相次入辅。

大和中,乐工尉迟璋左能啭喉为新声,京师屠沽效之,呼为拍弹。

朱敬则,亳州永城人也,孝行忠鲠,举世莫比;门表阙台者六所,今古无之。元孙禹锡,咸平二年学究登科,见任虞部员外郎。

贞观中,纪国僧慧静撰《续英华诗苑》行于代。慧静常言曰:"作之非难,鉴之为贵。吾所搜拣,亦诗三百篇之次。"慧静俗姓房,有操识。今复有诗篇十卷,与《英华》相似,起自梁代,迄于今朝,以类相从,多于慧静所集,而不题撰集人名氏。

丙

梁崇义，长安市井人，有力，能卷金舒钩。后自羽林射生，累为襄阳节度使同平章事，终以谋叛伏诛。

道州录事参军王沼与杨炎有微恩，及炎入相，举沼为监察御史，始灭公议。

旧令，一品坟高一丈八尺。惟郭子仪薨，特加十尺。

贞元以来，禁中银瓶不过高五尺。齐映在江西，因降诞日献高八尺者，士君子非之。

穆元，休宁之父也，撰《洪范外传》十篇。开元中授偃师丞。

朱泚乱，臣之守节，不为迫协：程镇之、刘迺、蒋沇、赵骅、薛峇。

于邵善知人，樊泽举制科至京，一见之，谓人曰："将相之材也。"后五年而泽建节。崔元翰赴举，年五十，亦曰："不十年当掌诰。"皆如其言。其知人也如此。

西川浣花任国夫人，即崔宁妻也。庙今存。

王叔文始欲扫木场斩刘辟，而韦执谊违之，盖欲为皋求三川也。

崔造、韩会、卢东美、张正则为友，皆侨居上元，好谈经济之略，尝以王佐自许。时人号为"四夔"。

李白为天才绝，白居易为人才绝，李贺为鬼才绝。

李令问开元中为殿中监，事馔尤酷，罂鹅、笼驴皆有之。令问，世绩之孙也。

咸通中，杨汝士与诸子位皆至正卿，所居靖恭里第，兄弟并列门戟。

天授中，中丞李嗣真等为十道存抚使，合朝有诗送之，名曰《存抚集》，凡十卷。

太宗破高昌，收马乳蒲桃种于苑，并得酒法。仍自损益之，造酒成绿色，芳香酷烈，味兼醍醐，长安始识其味也。

有进士丘绛者，尝为田季安从事，后与同府侯臧相持争权。季安怒，斥绛摄下邑尉。使人先路穴地以待，至则排入而座之，其暴如此。李锜杀崔善贞，亦同斯酷。

贞元中，祈雨于兴庆宫龙堂，有白鸬鹚见池上，众鸬鹚罗列前后，如引御舟。翌日降雨。

永泰初，乃诏左仆射裴冕等一十三人同于集贤院待制，特给馔钱，缮修廨宇，以优其礼。自后迁者非一。隋制桐木巾子，盖取便于事。武德初使用丝麻为之，头初上平小，至则天时内宴，赐群臣高头巾子，号为"武家样"。后裴冕自创巾子，尤奇妙，长安谓之"仆射样"。

贞元十二年九月庚子，贾耽私忌，绝宰相班，中使出召主书吴用承旨。时赵憬薨，卢迈请假之故也。

淮南程幹本富家，三年间为水火焚荡，家业俱尽。妻茅氏连八年生十六男，父子相携，行乞于市。

贞元七年，令常参官每日二人引见延英，访以政事，谓之巡对。

开元元年，改诸王侍读为奉诸王讲。李石上请也。

神龙初，洛水涨，宋务光上疏曰："巷议街谈，共呼坊门为宰相，为节宣风雨，燮调阴阳。"

司马天师承祯，状类陶隐居。

圣善寺报慈阁佛像，自顶至颐八十三尺，额中受八石。

新进士放榜后，翌日排光范门，候过宰相。虽云排建福门，集于西方馆。昔有诗云："华阳观里钟声集，建福门前鼓动期。"即其日也。

采访使，开元二十二年二月十九日宰相张九龄奏置，时以御史中丞卢绚为之。

大历十四年七月十日，闲厩奏："准旧例，每日于月华门立马两匹，仗下后归厩。"

高祖第三女平阳公主柴氏，初举义兵于司竹园，号"娘子军"，即柴绍之妻也。

大中以来，礼部放榜岁取三二人姓氏稀僻者，谓之色目人，亦谓之榜花。

张嘉贞开元中任中书令，著绯。傅游艺武后时居相位，著绿。

僧惠范以罪没入其钱，得一千三百万索。元载家破，纳产胡椒九百石。郑注诛后，纳绢一百万匹，他物可知矣。

《时政记》，宰臣所修。起于长寿中，宰相姚璹录中书门下事。

每岁十一月，天下贡举人于含元殿前，见四方馆舍人当直者，宣曰："卿等学富雄词，远随乡荐，跋涉山川，当甚劳止。有司至公，必无遗逸，仰各取有司处分。"再拜舞蹈讫退。

开元式，诸蕃使嗣以元会日，并听升殿，自外廊下。

长安中，尝见有人腊长尺许，眉目手足悉具，或以为焦侥人也。

《清夜游西园图》，顾长康画。有梁朝诸王跋尾云："图上若干人，并食天禄。"贞观中，褚河南装背。

小说中言十家事起者，即大和九年冬甘露事也，凡灭十家。

咸通中，俳优恃恩，咸为都知。一日闻喧哗，上召都知止之，三十人并进。上曰："止召都知，何为毕至？"梨园使奏曰："三十人皆都知。"乃命李可及为都都知。后王铎为都都统，袭此也。吁哉！

故事，三馆学士不避行台，谓三院连镳也。

凡进士入试，遇题目有家讳，谓之文字不便。即托疾，下将息状来出，云："牒某，忽患心痛，请出试院将息，谨牒如的。"暴疾亦如是。

两省官上事日，宰相临送，上事者设床，坐而判三道，宰相别施一床，南坐四隔，谓之压角。李珏为河南尹，上之日，命工曹示之曰："先拜恩，后上事。"今礼上之仪，谢恩之后更拜厅，误也。

裴度带相印入蔡，李愬具军容，度避之。愬曰："此方不识上下，今具戎服拜相国于堂下，使民吏生畏。"度然之。自后带宰相出镇，凡经州郡，皆具橐鞬迎于道左，自此始也。

玉真宫主玉叶冠，时人莫计其价。

崔元翰晚年取应，咸为首捷：京兆解头，礼部状头，宏词敕头，制科三等敕头。

裴次元制策、宏词同日敕下，并为敕头。时人荣之。

李群玉好吹笙，常使家僮奏之。又善《急就章》，性善养白鹅。及授校书郎东归，故卢肇送诗云："妙吹应谐凤，工书定得鹅。"

天宝中，内种甘子，结实凡一百五十颗。

至德三年，始置盐铁使，王绮首为也。

大历八年，虎入元载私庙。

麟德殿三面，亦谓之三殿。

天宝十载，写一切道经五本，赐诸观。

武德四年，废五铢钱，行开元通宝钱，欧阳询制及书，回环读之，其义皆通。初进钱样，文德皇后掐一甲迹，故钱背上有掐文。

李肇自尚书郎守澧阳，人有藏书者，卒藏玩焉。因著《经史目录》。

天宝末，管户尚九百六万九千一百五十四。

李善于梁宋之郊，开《文选》学，乃注为六十卷。

张昌龄与太皇作息兵甲诏，叹曰："祢衡、潘岳之俦也！"

萧做为广帅，曾有疾，召医者视云："药用乌梅子，欲用公署中者。"做乃召有司，以市价计而后取。廉也如此。

光启元年，镇州王镕进耕牛一千头，戎器九千三百事，表云："庶资辟土之功，聊备除凶之用。"旧制，东川每岁进浸荔枝，以银瓶贮之，盖以盐渍其新者，今吴越间谓之鄞荔枝是也。此乃闽福间道者自明之鄞县来，今谓银，非也。咸通七年，以道路遥远，停进。

轩辕集，谓之罗浮先生，已数百岁，而颜色不老。立于床上，而垂发至地。

天宝四年，撰黄素文于内道场，为民祈福。其文自飞上天，空中云："圣寿延长。"

武德故事，御史台门北开者，法司主阴，取冬杀之义。或云隋初移都之时，兵部尚书李圆通判御史大夫，欲向省便，故开北门。

大中十年春，宣皇微行，至新丰柳陌，见一布衣抱膝而叹，因问之。布衣曰："我邛人，观光至此，此甚快乐。有巢南之想，又为橐装所迫。今崔相公镇西川，欲预其行，无双缣以遗其掌事者。"帝曰："子明旦相伺于此。"及旦，敕慎由将归剑门。

张仲武会昌末镇渔阳，有政学。后有年八九十人，少识其面者，说之犹泪下。

王龟，起之子。于永达坊选幽僻带林泉之处，构一亭，会文友于其间，名之曰"半隐亭"。后大和初，从起于蒲，于中修葺书堂以居之，号曰"郎君谷"。

唐制，员外郎一人判南曹，在曹选街之南，故曰南曹。

薛逢命一道士貌真，自为赞曰："壮哉薛逢，长七尺五寸。"放笔终未能续。一旦，忽有羽衣诣门，延之与语。忽于东壁见真赞，读之，乃命笔续之。曰："手把金锥，凿开混沌。"长揖而去，不知所之。逢作《凿混沌赋》驰名。

天宝十载，始封四海神为王。

安禄山肚垂过膝，重三百五十斤，妖胡也。

大历十三年，改诸道上都留后为进奏。

狄梁公为儿童时，与诸昆同游于道，遇善相者海涛法师，惊曰："此郎位极人臣，苍生是赖；但恨衰朽之质，所不见尔。"

李六娘者，蒲州人，师事紫微女道士为童子。开元二十三年十月二十三夜，宴坐而睡，觉已在河南府开元观。京兆尹李适之以为妖，考之，颜色不变。具上闻，召入内，度为道士。

郑馀庆廉俭，一旦书请两省家膳，至则脱粟蒸葫芦而已。

元和、大和以来，左右中尉或以幞头纱赠清望者，则明晨必有爰立之制。

陈苌者，每候阳城请俸，常往称其钱帛之美，月有获焉。

岁三月望日，宰相过东省看牡丹，两省官赴宴，亦屈保傅属卿而已。

卢怀慎暴卒而苏，曰："冥司三十炉，日夕为张说鼓铸货财，我无一焉。"

张建章，四镇之行军司马也。曾赍戎命往渤海，回及西崖，经太宗征辽碑，半在水中。建章则以帛苞麦屑，置于水中，摸而读之，不欠一字。

高骈章疏不恭，皆顾云之辞也。骈后谓左右曰："异日朝廷以不臣见罪，此辈宁无赤族之患耶？"

李德裕三镇迁改，皆有异人豫为言之；惟投南荒，未尝先觉。

李元宾言："文贵天成，强不高也。"李翰又言："文章当如千兵万马，而无人声。"

李德裕镇浙西,刘三复在幕。一旦令草谢御书表,谓之曰:"立构也,归创之。"三复曰:"文理贵中,不贵其速。"赞皇以为当。

王起鸿博,文皇尝撰字试之。起曰:"臣中国书中所不识者,惟《八骏图》中三五字而已。"

倪曙有赋名,为太学博士制词,萤雪服勤,属词清妙。因广明庚子避乱番禺,刘氏僭号,为翰林学士。

董昌称僭,杀判官李韬。施从实、窦郫皆强谏,不听。韬最铮铮,曾为两池盐铁。及昌败,咸有封赠。

丁

武德元年，以长安令独孤怀恩为工部尚书。

万岁通天元年四月一日，神岳中天王，可尊为神岳中天皇帝。至神龙元年，复为王。

孙智谅，开元年中内殿修斋，奉诏投龙于吉之王笥山。泊舟江侧，见异气在东川之中，疑有古迹。遂于阁皂山掘得铜钟一枚，重百余斤。钟下得王像三身，因置阁皂观。

省中诸郎不自员外拜者，谓之土山头果毅。言其不历清资，便拜高品，似长征兵士，便授边远果毅也。

先天中，王主敬为侍御史，自以才望华妙，当入省台前行。忽除膳部员外，微有惋怅。吏部郎中张敬忠咏曰："有意嫌兵部，专心望考功。谁知脚蹭蹬，却落省墙东。"盖膳部在省最东北隅也。

开元十八年，吏部尚书裴光庭始奏用循资格。

郑畋少女好罗隐诗，常欲妻之。一旦隐谒畋，畋命其女隔帘视之。及退，其女终身不读江东篇什。举子或以此谑之，答曰："以貌取人，失之子羽。"众皆启齿。

柳公权有笔偈云："圆如锥，捺如凿。只得入，不得却。"义是一毛出，即不堪用。

大中中李太尉三贬至朱崖，时在两制者皆为拟制，用者乃令狐绹之词。李虞仲集中此制尤高，未知孰是。往往有俗传之制，云："蛇用两头，狐摇九尾。鼻不正而身岂正，眼既斜而心亦斜。"此仇家谤也。

李含光善书，或曰："笔迹过其父。"一闻此语，而终身不书。含光，即司天马师弟子。

长安太庙殿，即苻坚所造。

省中司门、都官、屯田、虞部、主客，皆闲简无事。时谚曰："司门水部，入省不数。"又角觝之戏有假作吏部令史，及虞部令史相见，忽然俱倒，闷绝良久，云冷热相激。

有李参军者，善相笏，知休咎，必验，呼为李相笏。又有龙复本者，无目，凡有象简竹笏，以手捻之，必知官禄年寿。

马周之妻，卖馄媪也，即媪引周为常何之客。

中和初，黄巢将败，有谣云："黄巢须走秦山东，死在翁家翁。"巢死之处，民家果姓翁。

萧廪新为京尹，杨复恭假子抵罪，仍殴地界。廪断曰："新除京尹，敢打所由，将令百司，难逃一死。"由是内外畏服。

韦夏卿善知人。道逢再从弟执谊、从弟渠牟及丹，三人皆第二十四，并为郎官。簇马久之。曰："今日逢三二十四郎，辄欲题目之。"谓执谊曰："必为宰相，善保其末。"谓渠牟曰："弟当别承主上恩，而速贵为公卿。"谓丹曰："三人之中，弟最长远，而位极旄钺。"皆如其言。

陈少游检校职方员外郎，充回纥使。检校郎官自少游始也。

长安有龙户，见水色即知有龙。或引出，但如鳅鱼而已。

柳珪是韦悫门生，悫尝云："三十人惟柳先辈便进灯烛下本。"

江陵有士子，游于交广间，而爱姬为太守所取，纳于高丽坡底。及归，因寄诗曰："惆怅高丽坡底宅，春光无复下山来。"守见诗，遂遣还。

韦澳与萧寘大中中同为翰林学士，每寓直，多召对。内使云："但两侍郎入直，即内中便知宣旨。"又澳举进士时，日者陈子谅号为陈特快，云："诸事未敢言，惟青州节度使不求自得。"果除拜。

柳公绰家藏书万卷，经、史、子、集皆有三本。一本尤华丽者镇库，又一本次者长行披览，又一本又次者后生子弟为业。皆有厨格部分，不相参错。

张巡、许远，宋州立血食庙，谓之双庙。至今岁列常祀。

会昌元年三月二十五日，敕以其日为老君降诞，假一日。

阳城贞元中与三弟隐夏阳山中，相誓不婚，啜菽饮水。有苍头曰都儿，与主同志。

李约为兵部员外郎勉子也，与主客员外郎张谂同官，二人每单床静言，达旦不寐。故约赠韦徵君况诗曰："我有中心事，不向韦三说。秋夜洛阳城，明月照张八。"

郑畋字台文,亚之子也。亚任桂察时生,故小字桂儿。

薛收与从父兄子元敬、族兄子德音齐名,时人谓之河东三凤。

郑俶依阳城读书,经月余,与论《国风》,俶不能往复一辞,因缢于梁下。城哭曰:"我虽不杀俶,俶因我而死。"为之服缌麻。

裴谈过苏瓌,小许公方五岁,乃读庾信《枯树赋》。将及终篇,避谈字,因易其韵曰:"昔年移柳,依依汉阴南。今看摇落,凄怆江浔潭。树犹如此,人何以任堪。"

中书令李峤有三戾:性好荣迁,憎人升进;性好文学,憎人才华;性好贪浊,憎人受赂。

肃皇尝举衣袖示韩择木曰:"朕此衣已三浣矣。"

封德彝即杨素之婿,素为仆射,尝抚其座曰:"封郎必居此座。"后果如其言。

天下贡赋,惟长安县贡土,万年县贡水。

开元十八年,苏晋为吏部侍郎,而侍中裴光庭每过官应批退者,但对众披簿,以朱笔点头而已。晋遂榜选门曰:"门下点头者,更引注拟。"光庭不悦,以为侮己。

景龙以来,大臣初拜官者例许献食,谓之烧尾。开元后亦有不烧尾者,渐而还止。

长庆初,每大狱有司断罪,又令给事中中书舍人参酌出入,百司呼为参酌院,今审刑院即其地也。

李翱在湘潭,收韦江夏之女于乐籍中;赵骅亦于贼中赎江西韦环之女。或厚给以归亲族,或盛饰以事良家。此哀孤之上也。

礼部驳榜者,十一月出。麓驳者,谓有状无解;无状细驳,谓书其行止之过。

两省谏议,无事不入。每遇入省,有厨食四孔炙。

中书舍人时谓宰相判官。宰相亲嫌不拜知制诰,为直脚。又云:"不由三事,直拜中书舍人者,谓之挞额裹头。"

天宝五载,巴东石开,有天尊像及幢盖。

卢从愿景云中典选,有声称。时人曰:"前有裴、马,后有卢、李。"裴即行俭,马即马载,李即朝隐。

上元二年夏，于景龙观设高座，讲论道、释二教。遣宰臣百僚，悉就观设斋听论，仍赐钱有差。

贞元二年，江淮运米，每年二百万斛，虽有此制，而所运不过四十万。

王栖曜善射。尝与文士游虎丘寺，平野霁日，先以一箭射空，再发中之。江东文士梁肃以下，咸歌咏之。

李辅国为殿中监，常在银台门受事。置察事厅子数十人，官吏有小过，无不伺知。

长安三月十五日，两街看牡丹，奔走车马。慈恩寺元果院牡丹，先于诸牡丹半月开；太真院牡丹，后诸牡丹半月开。故裴兵部潾白牡丹诗，自题于佛殿东颊墙壁之上。大和中，车驾自夹城出芙蓉园，路幸此寺，见所题诗，吟玩久之，因令宫嫔讽念。及暮归大内，即此诗满六宫矣。其诗曰："长安豪贵惜春残，争赏先开紫牡丹。别有玉杯承露冷，无人起就月中看。"兵部时任给事。

卢家有子弟，年已暮而犹为校书郎。晚娶崔氏子，崔有词翰，结褵之后，微有慊色。卢因请诗以述怀为戏，崔立成诗曰："不怨卢郎年纪大，不怨卢郎官职卑。自恨妾身生较晚，不见卢郎年少时。"

开元十九年四月，于京城置礼会院，院属司农寺，在崇仁坊南街。后元和中，拾遗杨归厚私以婚礼上言借礼会院，因此贬官。

《兰亭》者，武德四年，欧阳询就越访求得之，始入秦王府。麻道嵩奉教拓两本，一送辩才，一王自收。嵩私拓一本。于时天下草创，秦王虽亲总戎，《兰亭》不离肘腋。及即位，学之不倦。至贞观二十三年，褚遂良请入昭陵。后但得其摹本耳。

柳子温家法：常命粉苦参、黄连、熊胆和为丸，赐子弟永夜习学，含之以资勤苦。

陆龟蒙居震泽之南巨积庄，产有斗鸭一栏，颇极驯养。一旦有驿使过，挟弹毙其尤者。于是龟蒙谐而骇之，曰："此鸭能人语。"复归家，少顷，手一表本云："见待附苏州上进，使者毙之，何也？"使人恐，尽与囊中金，以糊其口，龟蒙始焚其章，接以酒食。使者俟其稍悦，方请其人语之由。曰："能自呼其名。"使者愤且笑，拂袖上马。复召之，尽还其金，曰："吾戏之耳。"

宣皇好文，尝赋诗，上句有"金步摇"，未能对。进士温岐即庭筠。续之，岐以"玉跳脱"应之，宣皇赏焉。令以甲科处之，为令狐绹所沮，遂除方城尉。初绹曾问故事于岐，岐曰："出《南华真经》，非僻书也。冀相公燮理之暇，时宜览古。"绹怒甚。后岐有诗云"悔读《南华》第二篇"之句，盖为是也。

黄巢令皮日休作谶词，云："欲知圣人姓，田八二十一。欲知圣人名，果头三屈律。"巢大怒。盖巢头丑，掠鬓不尽，疑"三屈律"之言，是其讥也。遂及祸。

王承业为太原节度使，军政不修，诏御史崔众交兵于河东。众侮易承业，或裹甲持枪，突入承业厅事，玩谑之。李光弼闻之，素不平。至是众交兵于光弼，光弼以其无礼，不即交兵，令收系之。中使至，除众御史中丞，怀其敕，问众所在。光弼曰："有罪，系之矣。"中使以敕示光弼。光弼曰："今只斩侍御史。若宣制命，即斩御史中丞。若拜宰相，即斩宰相。"中使惧，遂寝而还。翌日，斩众于碑堂之下。

贞元十五年，以谏议田敦为兵部郎中。上将用敦为兵部侍郎，疑其年少，故有此拜。

贞元四年九月二日敕：今海隅无事，蒸庶小康，其正月晦日、三月三日、九月九日，宜任文武百僚择胜地追赏为乐，仍各赐钱，以充宴会。

每岁正旦晓漏已前，宰相、三司使、大金吾，皆以桦烛百炬拥马，方布象城，谓之"火城"。甲赋中有《火城赋》。仍杂以衣绣鸣珂、焜耀街陌。如逢宰相，即诸司火城悉皆扑灭。或其年无仗，即中书门下率文武百僚诣东上阁门，横行拜表称庆。内臣宣答，礼部员外郎受诸道贺表，取一通官最高者拆表展于坐案上，跪读讫，阁门使引表接入内，却出宣云。所进贺表如有太后，即宰相率两班赴西内称贺。

李泌有谠直之风，而好谈谑神仙鬼道。或云"尝与赤松、王乔、安期、羡门等游处"，坐此为人所讥。王起，大和中文皇颇重之，曾为诗写于太子之笏。

高骈在维扬，曾遣使致书于浙西周宝曰："伏承走马，已及奔牛。

今附虀一瓶,葛粉十斤,以充道路所要。"盖讽其为虀粉矣。

李山甫咸通中不第,后流落河朔,为乐彦祯从事,多怨朝廷之执政。尝有诗云:"劝君不用夸头角,梦里输赢总未真。"

张祜字承吉,有三男一女:桂子、椿儿、椅儿。桂子、椿儿皆物故,唯女与椅在。椅儿名虎望,亦有诗名。后求济于嘉兴监裴弘庆,署之冬瓜堰官,望不甘。庆曰:"祜子之守冬瓜,所谓过分。"

陈夷行郑覃在相,请经术孤单者进用。李珏与杨嗣复论地胄,词彩者居先。每延英议政,率先矛盾无成政,但寄之颊舌而已。

康子元,越人,念《易》数千遍,行坐不释卷。开元中,张说荐为丽正学士。

元行冲在太常,有人于古墓得铜器,似琵琶而身正圆,人无识者。冲曰:"此阮咸琵琶也。"乃令匠人以木为之,至今乃有。

大中十二年七月十四日,三更三点追朝,唯宰臣夏侯孜独到衙,以大夫李景让为西川节度使。时中元假,通事舍人无在馆者。麻按既出,孜受麻毕,乃召当直中书舍人冯图宣之,捧麻皆两省胥吏。自此始令通事舍人休澣,亦在馆俟命。

故事,京兆尹在私第,但奇日入府,偶日入递院。崔郘大中中为京兆尹,因徒逸狱,始命造廨宅,京尹不得离府。后郘败,韦澳自内署面授京尹,赐度支钱二万索,令造府宅。

咸通六年,放宫人沈氏养亲。沈氏入宫五十八年,有父居浐水,年一百一十,母年九十五,因为筑室而居。颁金帛碓硙,敕本县放科役,终沈氏之世。

杜羔妻刘氏善为诗,羔累举不第,将至家,妻先寄诗与之曰:"良人的的有奇才,何事年年被放回? 如今妾面羞君面,君若来时近夜来。"羔见诗,即时回去。寻登第,妻又寄诗云:"长安此去无多地,郁郁葱葱佳气浮。良人得意正年少,今夜醉眠何处楼?"

令狐绹在相,擢裴坦自楚州刺史为职方郎中,知制诰。裴休以坦非才,拒之,不胜。及坦上事,谒谢于休,休曰:"此乃首台谬选,非休力也。"立命肩舆便出。两阁老吏云:"自有中书,未有此事。"至坦主贡,擢休之子宏上第。时人云"欲盖弥彰",此之谓也。

崔慎由镇西川，有异人张叟者与迹熟，因谓之曰："今四十无子，良可惧也。"叟曰："为公求之。惟终南翠微寺有僧，绝粒五十五年矣，君宜遗之服玩，若爱而受之，则其嗣也。"崔如其言，遗以服玩，果受之。僧寻卒，遂生一男。叟复相之曰："贵则过公，恐不得其终。"因字曰衲僧，又云缁郎。

阳城出道州，太学生二百七十人诣阙乞留，疏不得上。

天祐元年八月，前曲沃令高沃纳史馆书籍三百六十卷，授监察，赐绯。

张裼尚书牧晋州，外贮营妓，生子曰仁龟，乃与张处士为假子，居江淮间。后裼死，仁龟方还长安，云江淮郎君。至家，皆愕然，苏夫人收之，齿诸儿之列。仁龟后以进士成名，历侍御史，因奉使江浙而死。

关图有一妹，有文学，善书札。图尝语同僚曰："某家有一进士，所恨不栉耳。"后适常氏，修之母也。修咸通六年登科。

张说女嫁卢氏，为其舅求官，说不语，但指搢床龟而示之。女归，告其夫曰："舅得詹事矣。"

李绅在维扬日，有举子诉扬子江舟子不渡，恐失试期。绅判云："昔在风尘，曾遭此辈。今之多幸，得以相逢，合抛付扬子江。"其苛急也如此。后因科蛤，为属邑令所抗，云："奉命取蛤，且非其时，严冬冱寒，滴水成冻。若生于浅水，则犹可涉胫而求；既处于深潭，非没身而不敢。贵贱则异，性命不殊。"绅大惭而止。终以吴湘狱，仰药而死。

刘三复能记三生事，云："曾为马，马常患渴，望驿而嘶，伤其蹄则连心痛。"后三复乘马，过硗确之地，必为缓辔，有礛石必去之。

严恽字子重，善为诗，与杜牧友善，皮、陆常爱其篇什。有诗云："春光冉冉归何处，更向花前把一杯，尽日问花花不语，为谁零落为谁开。"七上不第，卒于吴中。

于志宁为仆射，与修史，恨不得学士。来济为学士，恨不得修史。

大中中，于琮选尚永福公主，忽中寝。泊审旨，上曰："朕此女子，因与之会食，对朕辄折匕箸，情性如此，恐不可为士大夫妻。"寻改尚广德公主。

咸通六年，沧州盐院吏赵镰犯罪，至死。既就刑，有女请随父死，云:"七岁母亡,蒙父私盐官利衣食之。今父罪彰露,合随其法。"盐院官崔据义之,遂具以事闻。诏哀之,兼减父之死。女又泣曰:"昔为父所生,今为官所赐,誓落发奉佛,以报君王。"因于怀中出刃,立截其耳以示信。既而侍父减死罪之刑,疾愈,遂归浮图氏。

戊

潘炎建中中为翰林学士,恩渥极异。其妻刘晏女也。有京尹伺候累日不得见,乃遗阍者三百缣。夫人知之,谓潘曰:"岂为人臣,而京兆尹愿一谒见,遗奴三百缣,其危可知也。"遽劝避位。

张说为左相,知京官考。其子均任中书舍人,特注之曰:"父教子忠,古之善训。祁奚举午,义不胜私。至如润色王言,章施帝载,道参坟典,例绝功常,恭闻前烈,尤难其任。岂以嫌疑,敢挠纲纪。考上下。"

大历八年七月,晋州男子郇谟以麻辫发,持苇席哭于东市。人问其故,对曰:"有三十字,请献于上。若无堪,即以席贮尸,弃之于野。"上闻,赐衣,馆于客省,每一字论一事。时元载执政也,尤切于罢宫市。

裴延龄尝献言德皇曰:"陛下自有本分钱物,用之不竭。"上惊曰:"何为本分钱?"延龄曰:"准天下贡赋,常分为三:一为干豆,二为宾客,三为充君之庖。今奉九庙,与鸿胪,供蕃使,曾不用一分钱,而陛下御膳之余,其数极多,皆陛下本分钱也。"上曰:"此经义,人总未曾言。"自兹有意相奸邪矣。

天后朝,道士杜义回心求愿为僧。敕许剃染,配佛授记,寺名元巘。敕赐三十夏腊,以其乍入法流,须居下位,苟赐虚腊,则顿为老成也。赐夏腊始于此矣。

大和中,秘书之书总五万六千七十六卷。

神尧宴近臣,果有蒲桃,陈叔达捧而不食。帝询之,对曰:"臣母患口干,求之不致。"帝曰:"卿有母遗乎?"涕泗阑干。

马周临终,索陈事草一箧,手自焚之,曰:"管、晏彰君之过,求身后名,吾不为也。"

高帝出猎,见大官刲羊,谓其无罪就死,以死鹿代之。

沈既济生传师,传师生询,询生丹,丹生牢。牢,巢寇前为钱唐监使，生藻。后移刺鄱阳，巢寇乱，不知其终。时藻与家人不随之任。藻后仕吴越钱氏，为永嘉令。藻生承谅，为定海丞。谅咸平三年进士及第，今为都官员外郎，知处州。

王师鲁在孔戣幕中，尝言曰："半臂亦无文，房太尉家法不著。"

张九龄尝见安禄山，曰："乱天下者，此胡也。"谏杀之，不听。

紫石英，广管泷州山中出紫石英，其色淡紫，其质莹彻，随其大小，皆五棱，两头箭镞。煮水饮之，暖而无毒，比北中白石英，其力倍矣。泷州又出石斛，茎如金钗股，亦药中之上品。蚺蛇胆，雷罗州有养蛇户，每年五月五日，即担舁蚺蛇入府，祗应取胆。

鸡兔算，《国史补》记之尚不明。上下头，下下脚，脚即折半下，见头除脚，见脚除头，上是鸡，下是兔。

裴肃在越多斋，此外惟嗜兔，日再食。

陆贽在忠州不接人，惟纂药方，并行于世，号曰《集验》。

黄巢本王仙芝贼中判官，芝死，贼众戴之为首，遂日盛。

杜邠公先达，人谓之老杜相公。杜审权晚入，谓之小杜相公。

刘蕡精于儒术，常看《文中子》，忿然而言曰："才非殆庶，拟上圣述作，不亦过乎！"客曰："《文中子》于六籍如何？"蕡曰："若以人望，《文中子》于六籍，犹奴婢之于郎主耳。"后人遂以《文中子》为六籍奴婢。

博陵崔倕，缌缌亲同爨。贞元以来言家法者，以倕为首。倕生六子，一登相辅，五任大僚。太常卿邠、太府卿鄞、外台尚书郾、廷尉郇、执金吾郸、左仆射平章事郸。邠及郾五知举，得士百四十八人。邠昆弟自始仕至贵达，亦同居光德里一宅。宣皇闻之，叹曰："崔郸家门孝友，可为士族之法矣。"郸尝构小斋于别寝，御笔题额，号曰"德星堂"。今京兆民因崔氏旧里，立德星社。

秦中绿李美小，谓之嘉庆李，此坊名也。

贞元十三年，始制文武官隔假三日，并行朝参。

开耀二年，始以外司四品以下知政事者，遂为平章事。时初命郭待举、郭正一、魏玄同三人同中书门下平章事也。

进士试帖经，自调露二年始也。

宝应二年，以羽林大将军王仲昇兼大夫。六军兼宪官，始于此也。

建中元年，沈既济议改《则天纪》为《皇后传》。

元和二年，始令僧道隶左右街功德使。其年方于建福门置百官待漏院，旧但于光德车坊而已。

大中十一年贺正，卢钧以太子太师率百僚，年八十余矣，声容明畅，举朝称服。明年，柳公权以少师率班，亦八十矣。自乐悬南趋至龙墀前，气力绵惫。误尊号中一字，罚一季俸。人多耻之。

开元二十五年西幸，驻跸寿安连曜宫。宫侧有精舍，庭内刹柱高五丈。有立于承露盘者，上望见之，初谓奸盗觇视宫掖，使中官就竿下诘之。人曰："吾欲舍身。本是知汤前官，被知汤中使邀钱物，已输十缣，索仍不已。每进汤水，辄投土其中，事若阙供，责怒必死，宁死于舍身尔。"具以闻，诏高力士召知汤中使赍绢于竿下谢之，仍命彻尚舍卫尉幕委积于竿下。其人礼十方毕，以身投地，坠于幕外。举体深红色，初尚微动，须臾绝。诏集文武从官于朝堂，杖杀中使，敕府县厚葬殒者。

西京寿安县有墨石山神祠颇灵。神龙中，神前有两瓦子，过客投之，以卜休咎，仰为吉而覆为凶。

开元初，郑瑶慈涧题诗云："岸与恩同广，波将慈共深。涓涓劳日夜，长似下流心。"

开元四年，中丞王怡以纠获赃钱，叠石重造永济桥，以代舟船，行人颇济焉。在寿安之西。

开元末，功臣王逸客为闲厩使，庄在泥沟西岸，数为劫盗，捕访不获。严安之为河南尉，以状白中丞宋遥，遥入奏，始擒之，并获贼脚崔诇。诇在安定公主锦坊，俱就执伏，搜得骸骨两井。逸客以铁券免死，流岭表。从此洛阳北路清矣。

咸通中，举子乘马，惟张乔跨驴。后敕下不许骑马，故郑昌图肥自有嘲咏。

郑少师薰于里第植小松七本，自号"七松处士"，异代可对"五柳先生"。

初制节度使天下有八,若诸州在节度内者,皆受节度焉。其福州经略使、登州平海军使,不在节度之内。

李锜之诛也,二婢配掖庭,曰郑曰杜。郑则幸于元和,生宣皇帝,是为孝明皇后。杜即杜秋。《献替录》中云:"杜仲阳即杜秋也,漳王养母。"

长孙无忌之父晟,于隋有功;魏徵即长贤之子;令狐德棻之父曰熙。皆《北史》有传。

李太尉以大中二年正月三日,贬潮州司马。当年十月十六日,再贬崖州司户。大中三年十二月十日,卒于贬所,年六十四。

白乐天任杭州刺史,携妓还洛,后却遣回钱唐。故刘禹锡有诗答曰:"其那钱唐苏小小,忆君泪染石榴裙。"

唐制,湖州造茶最多,谓之顾渚贡焙。岁造一万八千四百八斤,焙在长城县西北。大历五年以后,始有进奉。至建中二年,袁高为郡,进三千六百串,并诗刻石在贡焙。故陆鸿渐《与杨祭酒书》云:"顾渚山中紫笋茶两片,此物但恨帝未得尝,实所叹息。一片上太夫人,一片充昆弟同啜。"后开成三年以贡不如法,停刺史裴充。

鲜于叔明嗜蟠虫,权长孺嗜人爪甲,此亦刘雍疮痂之类也。

高宗朝四品以下有名称者,皆知政事。以平章事为名,自郭待举始也。仆射是正宰相,自房乔始也。

韦承庆出相,除礼部尚书,嗣立入拜鸾台侍郎平章事。时人语曰:"大郎罢相,小郎拜相。"

京兆户曹月俸一百八索,故谓之"念珠曹"。

李太尉大和七年自西川还,入相。上谓王涯:"今日除德裕,人情怕否?"对曰:"忠良甚喜,其中小人亦有怕者。"再言曰:"须怕也。"涯时为盐铁使也。

大和中朋党之首:杨虞卿、张元夫、萧瀚。后杨除常州,张汝州,萧郑州。

丞相乘肩舆,元和后也。

裴休大中中在相位,一日赐对,上曰:"赐卿无畏。"休即论立储君之意。上曰:"若立储君,便是闲人。"遂不敢言。

长安戏场多集于慈恩，小者在青龙，其次荐福、永寿。尼讲盛于保唐；名德聚之安国；士大夫之家入道，尽在咸宜。

崔造将退相位后，言曰："不得他诸道金铜茶笼子，近来多总四掩也。"遂复起。

柳芳与韦述善，俱为史学。述卒，书有未成者，皆续成之。

昇平公主宅即席，李端擅场。送王相之镇，韩翃擅场。送刘相巡江淮，钱起擅场。

武黄门之死也，裴晋公为盗所刺，隶人王义扞刃而毙。度自为文祭之。是岁进士撰《王义传》者三之二。

李锜之诛也，大雾三日不开，或闻鬼哭。内疑其冤，诏许收葬。

都官故事，吏部郎中二厅，先小铨，次格式。员外郎二厅，先南曹，次废置。刑部分四覆；户部分两税；度支案郎中判入，员外郎判出。

旧说吏部为省眼，礼部为南省，舍人考功度支为振行，比部得廊下食，以饭从者，号"比盘"。

张直方者，世为幽帅，癖于鹰犬。后以昭王府司马分务洛师，洛阳四旁翥者攫者见皆识之，必群噪长嗥而去。

长孙无忌奏别敕长流，以为永例。后赵公犯罪敕长流，此亦为法自弊。

江融为左史，后罗织受诛，其尸起而复坐者三。虽断其头，似怒不息。无何，周兴败。

鱼思咺性巧，造甀函。

朱泚败走，昏迷不辨南北，因问路于田父。父曰："岂非朱太尉耶?"源休止之曰："汉皇帝。"父曰："天地不长凶恶，蛇鼠不为龙虎。天网恢恢，去将何适?"遂亡其所在。及去泾州百余里，泚于马上忽叩头称乞命，因之坠马。良久却苏，左右问其故，曰："见段司农。"寻为韩旻枭之。

杨收之死也，军容杨元价有力焉。收有子为寿牧，见收乘白马，臂朱弓彤矢，有朱衣天吏控马，曰："上帝许我仇杨元价。我射中之，必死。"俄而价暴卒。

忻州刺史是天荒阙,盖历任多死。高皇时有金吾郎将求此官,果有蛇怪,后亦绝之。饶州余干县令宅亦如此。

天宝时翰林学士陈王友、元庭坚撰《韵英》十卷,未施行,而西京陷胡,庭坚卒。

文明已后,天下诸州进鸡,牝变为雄者极多,或半已化,半死,乃则天之兆也。

冯衮给事亲仁坊有宅,南有山,庭院多养鹅鸭及杂禽之类,常一家人掌之,时人谓之"鸟省"。

大中初女蛮国入贡奉,其国人危髻金冠,璎珞被体,故谓之"菩萨蛮"。当时倡优遂制《菩萨蛮》曲,文士亦往往声其词也。

宣皇在藩时,尝从驾堕马,雪中寒甚,困且渴,求水于巡警者,曰:"我光王也。"及以水进,举杯悉变为芳醪。

明皇为潞州别驾,有军人韩凝礼自谓知五兆,因以食箸试之。既而布卦,一箸无故自起,凡三偃三起。

徽安门,旧洛城北面最西门也。楼上元多雀鸽,后亦绝无。至清泰中,帝上此楼自焚,今俗谓之火烧门。

开元六年,西幸至兰峰顿,乘舆每出,所宿侍臣皆从。既而驰逐原野,然从官分散,宰相即先于前顿朝堂列位,乘舆至,必鞭揖之方入。是日,上垂鞭盛气,不顾而入,苏宋惧。盖怒河南尹李朝隐桥顿不备也,解之方息。

兰峰宫在永宁县西,庆明三年置。

鹧鸪飞数逐月数,如正月一日飞而止,住窠中不复起矣。十二月十二日起,最难采取,南人设网取之。

大中九年,日官李景亮奏云:"文昌暗,科场当有事。"沈询为礼部,甚惧焉。至是三科尽覆试,宏词赵拒等皆落,吏部裴谂除祭酒。

天宝八年,馆驿使宋绲奏移稠桑路向晋王斜。晋王斜者,隋炀帝在藩邸扬州往来经此路。盖避沙路费马力也。

野狐泉店在潼关之西,泉在道南店后坡下。旧传云:"野狐掊而泉涌,店人改为冷淘,过者行旅止焉。"今法馔中有野狐泉者,以绿粉为之,亦象此也。

路嗣恭在江西,并奏部下县为紧望。

天后问张元一曰:"在外有何事?"元一曰:"外有三庆:旱降雨,一庆;中桥新成,万代之利,二庆;郭霸新死,百姓皆欢,三庆也。"霸,酷吏也,为侍御史。

崔敬嗣武后时任房州刺史,孝和安置在彼,官吏多无礼,嗣独申礼待供给之。及即位,有益州长史崔敬嗣,既同名姓,名每拟皆御笔超拜。后引与语,知误。访嗣已卒,崔光远即其孙也。

大和中,上颇好食蛤蜊,沿海官吏先时递进,人亦劳止。一旦,御馔中有擘不开者,即焚香祷之。俄变为菩萨,梵相具足。

天后时有献三足乌者,左右或言一足伪耳。天后笑曰:"但令史册书之,安用察其真伪?"

令狐绹在相位,大事一取决于子滈,比元载之用伯和,李吉甫之用德裕。

杜审权大中十二年知举,放卢处权。有戏之曰:"座主审权,门生处权,可谓权不失权。"又乾符二年,崔沆放崔瀣,谭者称"座主门生,沆瀣一气"。

湖州岁贡黄䵷子、连蒂木瓜。李景先自和牧谪为司马,戏湖守苏特曰:"使君贵郡有三黄䵷子,五蒂木瓜。"特颇衔之。

韩洙与沈询尚书中表,询怜洙,许与成事。如是历四五年,太夫人又念之,复累付干询。询知举,大中九年也,自第二人逦迤改为第七人方定。及放榜,误为罗洙。后询见韩洙,未尝不深嗟其命。

大中元年,魏扶知礼闱,入贡院题诗曰:"梧桐叶落满庭阴,锁闭朱门试院深。曾是昔年辛苦地,不将今日负前心。"及榜出,为无名子削为五言以讥之。

天宝四载,广州府因海潮漂一蜈蚣陆死,割其一爪,则得肉一百二十斤。

滋水驿在长乐驿之东,睿皇在藩日经此厅,厅西壁画一胡头,因题曰:"唤出眼何用苦深藏,缩却鼻何畏不闻香。"

陈峤字景山,闽人也。孑然无依,数举不遂,蹉跎辇毂,至于暮年。逮获一名还乡,已耳顺矣。乡里以宦情既薄,身后无依,乃以儒家女妻之，至新婚近八十矣。合卺之夕，文士竞集，悉赋《催妆》诗，咸有生冀之讽。峤亦自成一章，其末曰："彭祖尚闻年八百，陈郎犹是小孩儿。"座客皆绝倒。峤颇负诗名，尝有《闲居》诗云："小桥风月年年事，争奈潘郎老去何。"

己

韦丹任洪州,值毛鹤等叛,造蒺藜棒一千具,并于棒头以铁钉钉之如蝟毛,车夫及防援官健各持一具。其棒疾成易具,用亦与刀剑不殊。

有洪州江西廉使问马祖云:"弟子吃酒肉即是,不吃即是?"师云:"若吃是中丞禄,不吃是中丞福。"

御史中丞,长庆中行李导从不过半坊,后远至两坊,谓之笼街喝道。及李虞仲与温造相争,始敕下应合导从官行李传呼,不得过三百步。

崔群在翰苑为宪皇奖遇最深,有宣云:"今后学士进状,并取崔群连署,方得进来。"

武翊皇以"三头"冠绝一代,后惑婢薛荔,苦其家妇卢氏,虽李绅以同年为护,而众论不容,终至流窜。解头、状头、宏词敕头,是谓"三头"。

张不疑登科后,江西李疑、东川李回、淮南李融交辟,而不疑就淮南之命。到府未几卒,卒时有怪。在《灵怪集》。

裴绅始名诞,日者告曰:"君名绅,即伸矣。"果如其言。

蜀中传张仪筑成都城,依龟行路筑之。李德裕镇西川,闻龟壳犹在军资库,判官于文遇言:"比常在库中。元和初,节度使高崇文命工人截为腰带胯具。"

开元十九年冬,驾东巡至陕,以厅为殿,郭门皆属城门局。薛王车半夜发,及郭,西门不开,掌门者云:"钥匙进内。"家仆不之信,乃坏锁彻关而入。比明日,有司以闻,上以金吾警夜不谨,将军段崇简授代州督,坏锁奴杖杀之。

近俗以权臣所居坊呼之:安邑,李吉甫也;靖安,李宗闵也;驿坊,韦澳也;乐和,李景让也;靖恭、修行,二杨也。皆放此。

省中语曰:"后行祠屯,不博中行都门;中行刑户,不博前行驾库。”

西市胡人贵蚌珠而贱蛇珠。蛇珠者,蛇所吐尔,唯胡人辨之。

薛伟化鱼,魂游尔。唯李徵化虎,身为之。吁,可悲也。妇女化蛇,然亦有之。

王彦威镇汴之二年,夏旱。时袁王傅李玘过汴,因宴,王以旱为言。李醉曰:“可求蛇医四头,十石瓮二,每瓮以水浮二蛇医,覆以木盖,密泥之,分置于闹处。瓮前设香席,选小儿十岁已下十余,令执小青竹,昼夜更互击其瓮,不得少辍。”王如其言试之,一日两度雨,大注数百里。旧说龙与蛇师为亲家,咸平中今秘书监杨亿任正言知处州,上祈雨法,亦此类也。

石瓮寺者,在骊山半腹石瓮谷中。有泉激而似瓮形,因是名谷,以谷名寺。

开元十四年,御史大夫程行谌卒,赠尚书右丞相。时中书令张说新兼右丞相,论者以为世传此阙非稳,故有斯赠以当之。

永贞二年三月,彩虹入润州大将张子良宅。初入浆瓮水尽,入井饮之。后子良擒李锜,拜金吾,寻历方镇。

伊阙县前大溪,每僚佐有入台者,即先涨小滩。奇章公为尉,忽报滩出,邑宰列筵观之。老吏曰:“此必分司御史尔。若是西台,当有鹦鹕双立于上,即是西台。”牛公举杯自祝。俄有鹦鹕飞下,不旬日,有西台之拜。

李德裕少时,有人伦鉴者,谓曰:“公主忌白马。”凡亲戚之间,皆不畜之。至崖州之命,则白敏中在中书,以公议排之。马植按淮南狱。

潘孟阳,炎之子也。其母刘夫人,晏之女。初为户部侍郎,夫人忧曰:“以尔人材而在丞郎之位,吾惧祸之必至也。”户部解喻再三。乃曰:“不然,试会尔列,吾观之。”因遍招深熟者,客至,夫人视之,喜曰:“皆尔俦也,不足忧矣。向末坐惨绿少年,何人也?”曰:“补阙杜黄裳。”夫人曰:“此人全别,必是有名卿相。”

中土人尚札翰,多为院体者。贞元年中,翰林学士吴通微常攻行草,然体近吏。故院中胥吏多所仿效,其书大行于世,故遗法迄今不泯，其鄙拙则又甚矣。

李纾侍郎尝放举人，命笔吏勒书纸榜，未及填名，首书贡院字，吏得疾暴卒。礼部令史王泉者亦善书，李侍郎召令终其事。适值泉被酒已醉，昏夜之中，半酣挥染，笔不加墨。迨明悬榜，方始觉寤，修改不及。粲然一榜之中，字有两体，浓淡相间，返致其妍。自后书榜，因模法之，遂为故事。今因用毡墨淡书，亦奇丽耳。

福昌宫，隋置，开元末重修。其中什物毕备，驾幸供顿，以百余瓮贮水，驾将起，所宿内人尽倾出水，以空瓮两两相比，数人共推一瓮，初且摇之，然后齐呼扣击，谓之斗瓮，以为笑乐。又宫人浓注口，以口印幕竿上。发后，好事者乃敛唇正口，印而取之。

开元初，鹿苑寺僧法兰者，多言微旨，往往有效。县令刘昌源送客，诣其房。兰曰："长官留下腰带麻鞋著。"未几，刘丁内艰。

大和中，人指杨虞卿宅南亭子为行中书。盖朋党聚议于此尔。

丞郎已上词头，下至两省阙下吏，谓之大除改。今南人之谚，谓小末之事，曰"你大除改也"。

程执恭在易定，野中蚁楼高三尺余。

长安市里风俗，每至元日已后，递余食相邀，号为"传座"。

李詹大中七年崔瑶下进士，与狄慎思皆好为酷，以灰水饮驴，荡其肠胃，然后围之以火，翻以酒调五味饮之。未几，与膳夫皆暴卒，慎思亦然。

志闲和尚，馆陶人。早参临济，晚住灌溪。乾宁二年夏，忽问侍者曰："坐死者谁？"曰："僧伽。""立死者谁？"曰："僧会。"乃行七步，垂手而逝。后邓隐峰倒立而化。

波斯舶船多养鸽，鸽飞千里，辄放一只至家，以为平安信。

刘轲为僧时，因葬遗骸，乃梦一书生来谢，持三鸡子劝食之，轲嚼一而吞二者。后乃精儒学，策名。任史官时，韩愈欲为一文赞焉，而会愈贬，文乃不就。

孟宁长庆三年王起放及第，至中书，为时相所退。其年太和公主和戎。至会昌三年，起至左揆，再知贡，宁以龙钟就试而成名。是岁石雄入塞，公主自西蕃还京。

咸通末，郑浑之为苏州督邮，谭铢为嵯院官，钟福为院巡，俱广文。时湖州牧李超、赵蒙相次俱状元。二郡境土相接，时为语曰："湖接两头，苏联三尾。"

国初进士尚质有余而文不足，至于名以定体，若"纪子劫刜、支干寻常、无求吴楚、江潮阁梅"之类，颇肖俳优，反谓其姓氏亦黑臀、黑肩之余。近代则文有余而质不足矣。

范阳卢氏自绍元元年癸亥，至乾符二年乙未凡九十二年，登进士者一百十六人，而字皆连于子。然世称卢家不出座主，唯景云二年，卢逸以考功员外郎知举，后莫有之。韦保衡颇讶之。咸通十三年，韦在相，时卢庄为阁长，决付春闱，庄七月卒。及卢携在中书，深耻之。广明元年，乃追陕州卢渥入典贡帖经。后巢贼犯阙，天子幸蜀，昭度于蜀代之矣。

高燕公在秦州，岐阳节度使杜邠公递因于界，邠公牒转书云："当州县名成纪，郡列陇西，是皇家得姓之邦，非凤翔流囚之所。"公移书谢之，自是燕公声价始振。

开元中有师夜光善视鬼，唯不见张果。苏粹员外颇达禅理，自号"本禅和"。

崔群是贞元八年陆贽门生。群元和十年典贡，放三十人，而黜陆简礼。时群夫人李氏谓之曰："君子弟成长，合置庄园乎？"对曰："今年已置三十所矣。"夫人曰："陆氏门生知礼部，陆氏子无一得事者，是陆氏一庄荒矣。"群无以对。

韩藩端公自宣幕退居钟山，因服附子硫黄过数，九窍百毛穴皆出血，唯存皮骨。小敛莫及，但以血褥举骨就棺而已。吁，可骇也！

僖皇朝左拾遗孟昭图在蜀，上疏极谏，为田令孜之所矫诏，沉蜀江。裴相彻有诗吊之曰："一章何罪死何名，投水唯君与屈平。从此蜀江烟月夜，杜鹃应作两般声。"

贞元初度支使杜佑让钱谷之务，引李巽自代。先是度支以制用惜费，渐权百司之职，广署吏员，繁而难理。佑奏营缮归之将作，木炭归之司农，染练归之少府，纲条颇整，公议多之。

襄阳庞蕴居士将入灭，州牧于公顿问疾次。居士谓之曰："但愿空诸所有，慎勿实诸所无。好住世间，皆如影响。"言讫，枕公膝而化。

杨盈川显庆五年待制宏文馆，时年方十一。上元三年制举，始补校书郎，尤最深于宣夜之学，故作《老人星赋》尤佳。

会昌葬端陵，蔡京自监察摄左拾遗行事。京自云："御史府有大夫、中丞杂事者，总台纲也。侍御史有外弹、四推、太仓、左藏库、左右巡，皆负重事也。况不常备，有兼领者。监察使有祠祭使、馆驿使，与六察已八矣。分务东都台，又常一二巡囚，监决案覆，四海九州之不法事皆监察。况不常备，亦有兼领事者。"故御史不闻摄他官，摄他官自端陵始也。

崔佑甫相国天宝十五载任中书舍人，时安禄山犯阙，军乱，不顾家财，惟负私庙神主奔遁。皆事亲之高节也。

天宝末，韦斌谪守蕲春。时李泌以处士放逐于彼，中夜同宴，屡闻鸮音，韦流涕而叹。泌曰："此鸟之声，人以为恶，以好音听之，则无足悲矣。"请饮酒不闻鸮音者，浮以大白。坐客皆企其声，终夕不厌。

圣历二年，敕二十四司各置印。

贞观中，尚药奏求杜若，敕下度支。有省郎以谢朓诗云"芳州采杜若"，乃委坊州贡之。本州曹官判云："坊州不出杜若，应由读谢朓诗误。郎官作如此判事，岂不畏二十八宿笑人邪？"太宗闻之大笑，改授雍州司法。

李适之入仕，不历丞簿，便为别驾；不历两畿官，便为京兆尹；不历御史及中丞，便为大夫；不历两省给舍，便为宰相；不历刺史，便为节度使。然不得其死。

天宝七载，以给事杨钊充九成宫使，凡宫使自此始也。五坊使者，雕、鹘、鹰、鹞、狗，谓之"五坊使"。

大历十四年六月，敕御史中丞董晋、中书舍人薛播、给事中刘迺宜充三司使，仍取右金吾将军厅一所充使院，并西朝堂置幕屋收词讼。至建中二年十一月停，后不常置。有大狱，即命御史中丞、刑部侍郎、大理卿充，谓之"大三司使"。次又以刑部员外郎、御史、大理寺官为之，以决疑狱，谓之"小三司使"。皆事毕日罢。

春明门外当路墓前有堠，题云：汉太子太傅萧望之墓。有达官见而怪之，曰："春明门题额趁方，从加之字。只如此埭，幸直行书止，但合题萧望墓，何必加之字。"

魏伶为西市丞，养一赤觜鸟，每于人众中乞钱。人取一文而衔以送伶处，日收数百，时人号为"魏丞鸟"。

会昌末，颇好神仙。有道士赵归真出入禁中，自言数百岁，上敬之如神。与道士刘玄静力排释氏。武宗既惑其说，终行沙汰之事。及宣宗即位，流归真于南海，玄静戮于市。

白傅大中末曾有谏官上疏请谥，上曰："何不取《醉吟先生墓表》看？"卒不赐谥。从父弟敏中在相位，奏立神道碑，文即李义山之词也。

李揆乾元中为礼部侍郎，尝一日，堂前见一虾蟆俯于地，高数尺。以巨缶覆之。明日启之，亡矣。数日后入相也。

殷僧辨、周僧达，与牛相公同母异父兄弟也。

李太尉之在崖州也，郡有北亭子，谓之"望阙亭"。太尉每登临，未尝不北睇悲咽。有诗曰："独上江亭望帝京，鸟飞犹是半年程。青山也恐人归去，百匝千遭绕郡城。"今传太尉崖州之诗，皆仇家所作，只此一首亲作也。昔崖州，今琼州是也。

武德中，天下始作《秦王破阵乐》曲，以歌舞文皇之功业。贞观初，文皇重制《破阵乐图》，诏魏徵、虞世南等为词，因名《七德舞》。自龙朔已后，诏郊庙享宴，必先奏之。

大中四年冬，令狐绹自户部侍郎加兵部入相。宰执同列，白敏中、崔龟从铉，以绹新加兵部，至其月十八日南省上事。故事，送上必先集少府监。是日诸相以敏中、龟从曾为太常博士，遂改集贤院。因命柳公权记之，龟从为词。

杜琮目为秃角犀，琮凡莅藩镇，不省刑狱。在西川日以推囚案牍不断，而将裹漆器归京，人于敛门拾得。

《弄参军》者，天宝末蕃将阿布思伏法，其妻配掖庭，善为优，因隶乐工，遂令为此戏。

元鲁山山居阻水，食绝而终。

稷山驿吏王全作吏五十六年，人称有道术，往来多赠篇什，故李义山赠诗云:"过客不劳询甲子,唯书亥字与时人"也。

郑颢尝梦中得句云:"石门雾露白,玉殿莓苔青。"续成长韵。此一联,杜甫集中诗。

罗隐、邺、虬共在场屋,谓之"三罗"。

韩建在华下,成汭在荆门,旧姓郭。皆有理声,朝廷谓之"北韩南郭"。

杜邠公饮食洪博,既饱即寝。人有谏非摄生之理,公曰:"君不见布袋盛米,放倒即慢。"

道吾和尚上堂,戴莲花笠,披襕执简,击鼓吹笛,口称鲁三郎。

永宁李相蔚在淮海,暇日携酒乐访节判韦公昭度,公不在。及奔归,未中途,已闻相国举酒纵乐。公曰:"是无我也。"乃回骑出馆,相国命从事连往留截,仍移席于戟门以候。及回,相国舞《杨柳枝》引公入,以代负荆。

大和七年八月,敕每年试帖经官以国子监学官充,礼部不得别更奏请。其宏文、崇文两馆生斋郎并依令式试经毕,仍差都省郎官两人覆试。

骊山华清宫毁废已久,今所存者,唯缭垣耳。天宝所植松柏遍满岩谷,望之郁然,虽屡经兵寇,而不被斫伐。朝元阁在山岭之上,基最为崭绝,柱础尚有存者。山腹即长生殿,殿东西盘石道。自山麓而上,道侧有饮酒亭子。明皇吹笛楼、宫人走马楼故基犹存。缭垣之内,汤泉凡八九所。有御汤周环数丈,悉砌以白石,莹彻如玉,石面皆隐起鱼龙花鸟之状,千名万品,不可殚记。四面石座皆级而上,中有双白石瓮,腹异口,瓮中涌出,渍注白莲之上。御汤西北角则妃子汤,面稍狭。汤侧红白石盆四,所刻作菡萏之状,陷于白石面。余汤逦迤相属而下,凿石作暗渠走水。西北数十步,复立一石表,水自石表涌出,灌注一石盆中。此亦后置也。

魏徵疾亟,文皇梦与徵别,既寤流涕。是夕徵卒,故御制碑文云:"昔殷宗得良弼于梦中,朕今失贤臣于觉后。"

沙州城内废大乘寺塔者,周朝古寺。见有塔基,相传云是育王本塔。才有灾祸,多来求救。又洛都塔者,在城西一里,故白马寺南一里许。古基俗传为阿育王舍利塔，即迦叶摩腾所将来者。

永徽之理，有贞观之遗风，制《一戎衣大定乐》曲。至永隆元年，太常丞李嗣真善审音律，能知兴衰，云："近者乐府有《堂堂》之曲，再言之者，唐祚再兴之兆也。"后《霓裳羽衣》之曲起于开元，盛于天宝之间。此时始废泗滨磬，用华原石代之。至天宝十三载，始诏遣调法曲与胡部杂声，识者深异之。明年果有禄山之乱。

益州福感寺塔者，在州郭下城西，本名大石。相传云："是鬼神奉育王教西山取大石为塔基，舍利在其中，故大石也。"隋蜀王秀作镇井络，闻之，令人掘凿，全是一石。寻缝至泉，不见其际。风雨暴至，人有于旁凿取一片将去，乃是碧玉。问于识宝商者，云："此真碧玉，世中希有。"隋初有说律师见此古迹，于上起九级木浮图。贞观年初，地内大震动，此塔摇扬，将欲催倒。于时郭下无数人来，忽见四神形如塔量，各以背抵塔之四面，乍倚乍倾，卒以免坏。

平时开远门外立堠，云西去安西九千九百里，以示戎人不为万里之行。

天宝末，康居国献《胡旋女》，盖左旋右转之舞也。

云南有万人冢者，鲜于仲通、李宓等覆军之地。

长安夏中，或天牛虫出篱壁间，必雨。天牛虫即黑甲虫也，段成式七度验之，皆应。

开元初突厥寇边，时天武军将子郝灵筌出使回，引回纥部落，斩突厥黠夷，献首于阙下。自谓有不世之功。时宋璟为相，以天子少好武，恐徼功者生心，痛抑其赏。逾年，始受中郎将，灵筌遂呕血而死。

释提桓因者，忉利天王之号也，即"帝释"二字。华梵双彰，帝是华言，即王主义，释乃梵字，此字译云能。今言释提桓因者，梵呼讹略，其正合云释迦婆因达罗，此云能天主。余如《智度论》释。

庚

　　李敬彝宅在洛阳毓材坊,土地最灵,家人张行周事之有应。未大水前,预梦告求饮食。至其日,率其类遏水头,并不冲圮。

　　丘为致仕还乡,特给禄俸之半。既丁母丧,苏州疑所给,请于观察使韩滉。滉以为授官致仕,本不理务,特令给禄,以恩养老臣,不可在丧为异,命仍旧给之。唯春秋二时羊酒之直则不给。虽程式无文,见称折衷。

　　开元末有人好食羊头者,尝晨出,有怪在焉,羊头人身,衣冠甚伟,告其人曰:"吾未之神也,其属在羊。吾以尔好食羊头,故来求汝。汝辍食则已,若不已,吾将杀汝。"其人大惧,遂不复食。

　　至德二年十月二十二日,丰乐里开业寺,有神人足迹甚多,自寺门至佛殿。先是阍人宿门下,梦一人长二丈余,被金甲执槊,立于寺门外。俄而以手轧其门,扃镝尽解。神人即俯而入寺,行至佛殿,顾望久之而没。阍人惊寤,及晓,视其门已开矣。即具以梦白于寺僧,共视见神人之迹,遂告京兆,闻肃皇。命中使验之,如其言。

　　段成式侄女乳母阿史,本荆州人,尝言小时见邻居百姓孔谦篱下有蚓,口露双齿,肚下足如蚿,长尺五,行疾于常蚓。谦恶,遽杀之。其年谦丧母及兄叔,因不可得活。

　　长安安邑坊元法寺者,本里人张频宅也。频尝供养一僧,僧念《法华经》为业,积十余年。张门人潜僧通其侍婢,因以他事杀之。僧死后,阖宅常闻经声不绝。张寻知其冤,因舍宅为寺。

　　建中二年,南方贡朱采鸟,形如戴胜,善巧语。养于宫中,毙于巨雕。内人有金花纸上为写《多心经》者。寻泄犯禁闱,亦朱采之兆也。

　　元和以来,举人用虚语策子作赋。若使陈诗观风,乃教人以妄尔。

　　沃州山禅院在剡县南三十里,颇为胜境,本白道猷居之。大和二年有头陀白寂然重修,白居易为其记。白君自云:"白道猷肇开兹山,白寂然嗣兴兹山，白乐天垂文兹山，沃州与白氏有缘乎？"

吴郡陆怀素贞观二十年失火，屋宇焚烧，并从烟灭。唯《金刚般若经》独存，函及褾轴亦尽，唯经字竟如故。

一房光庭尝送亲故葬，出定鼎门，际晚且饥。会鬻蒸饼者，与同行数人食之。素不持钱，无以酬付。鬻者逼之，一房命就我取直，鬻者不从。一房曰："乞你头衔，我右台御史也，可随取直。"时人赏其放逸。

长安四年十月，阴雨雪，百余日不见星。明年正月，诛张易之等。

裴泊入相之年才四十四，须发尽白。

杭州灵隐山多桂，寺僧云："此月中种也。"至今中秋望夜，往往子坠，寺僧亦尝拾得。而岩顶崖根后产奇花，气香而色紫，芳丽可爱，而人无知其名者。招贤寺僧取而植之。郡守白公尤爱赏，因名曰"紫阳花"。

温璋为京兆尹，一日闻挽铃者三，乃一鸦也。尹曰："是必有探其雏者来诉尔。"因命吏随之，果得探雏者，乃毙之。

天宝末有密采艳色者，当时号为"花鸟使"，吕向献《美人赋》以讽之。

有人问赵州师年多少，师曰："一串念珠使不尽。"终年一百二十岁。

奘法师至中印度那烂陁寺，馆于幼日王院觉贤房第四重阁，日供步罗果一百二十枚、大人米等。

吴融字子华，越州人。弟蜕，亦为拾遗。蜕子程，为吴越丞相，尚武肃女。程子光谦、光远二人，皆为元帅府推官。入京并除著作郎，皆去光字。谦寻卒，远终于水部郎中，累牧藩郡。

咸通中令狐绹尝梦李德裕诉云："吾获罪先朝，过亦非大，已得请于帝矣。子方持衡柄，诚为吾请，俾穷荒孤骨得归葬洛阳，斯无恨矣。"他日，令狐率同列上奏，懿皇允纳，卒获归葬。

孔子庙始贞观年立之，睿皇书额。泊武后权政，额中加"大周"二字。至大中四年冯审为祭酒，始奏琢去之。

内外官职田，三月三十日水田，四月三十日麦田。九月三十日已前上者入后人，已后上者入前人。

程元振帅兵经略河北，夜袭邺，俘其男女千人。去邺八十里，阅妇人有乳汁者九十余人，放归邺，邺人为之设斋。

苗晋卿为东都留守，有士健屡犯科禁，罪当杖罚，谓之曰："留守鞭武人甚易，舍之甚难。今舍人之所难。"遂舍之。武人自励，卒成善士。

含元殿侧龙尾道自平阶至，凡诘屈七转。由丹凤门北望，宛如龙尾下垂于地。两垠栏槛悉以青石为之，至今五柱犹有存者。兴庆宫九龙池在大同殿古墓之南，西对瀛州门，周环数顷，水极深广，北望之渺然。东西微狭，中有龙潭，泉源不竭，虽历冬夏，未尝减耗。池四岸植嘉木，垂柳先之，槐次之，榆又次之。兵寇已来，多被翦伐。

南中红焦花色红，有蝙蝠集花中，南人呼为红蝠。

景通禅师初参仰山，后住晋州霍山。化缘将毕，先备薪于郊野，遍辞檀信。食讫，行至薪所，谓弟子曰："日午当来报。"至日午，师自执烛登积薪上，以笠置项后，作圆光相，手执拄杖，作降魔杵势，直终于红焰中。

滕王《蜂蝶图》，有名江夏斑、大海眼、小海眼、村里来、菜花子。

令狐相绹以姓氏少，族人有投者不吝其力，繇是远近皆趋之，至有姓胡冒令狐者。进士温庭筠戏为词曰："自从元老登庸后，天下诸胡悉带令。"

贞观六年王珪任侍中，通贵渐久，不营私庙，四时犹祭于寝。为有司所弹，文皇优容之，特为置庙于永乐坊东北角。

司刑司直陈希闵以非才任官，庶事凝滞，司刑府史目之为"高手笔"。言秉笔支颐，半日不下，故目之曰"高手笔"；又号"案孔子"，言窜削至多，纸面穿穴，故名"案孔子"。

陈怀卿，岭南人也，养鸭百余头。后于鸭栏中除粪，中有光爚爚然，试以盆水沙汰之，得金十两。乃觇所食处于舍后山足下，因凿有麸金，销得数千斤，时人莫知。怀卿遂巨富，仕至梧州刺史。

旧志，吴修为广州刺史，未至州，有五仙人骑五色羊，负五谷而来。今州厅梁上画五仙人骑五色羊为瑞，故广南谓之"五羊城"。

裴旻山行,有山蜘蛛垂丝如匹布,将及旻。旻引弓射杀之,大如车轮。因断其丝数尺收之,部下有金疮者,剪方寸贴之,血立止。

魏知古年七十,卒于工部尚书。妻苏氏不哭,含讫举声,一恸而绝,同日合葬。

曲江池天祐初因大风雨波涛震荡,累日不止。一夕无故其水尽竭,自后宫阙成荆棘矣。今为耕民畜作陂塘,资浇溉之用。每至清明节,都人士女犹有泛舟于其间者。九龙池上巳日亦为士女泛舟嬉游之所。

白傅葬龙门山,河南尹卢贞刻《醉吟先生传》立于墓侧,至今犹存。洛阳士庶及四方游人过其墓者,奠以卮酒,冢前常成泥泞。

裴说应举,只行五言诗一卷,至来年秋复行旧卷,人有讥者。裴曰:"只此十九首苦吟,尚未有人见知,何暇别行卷哉?"咸谓知言。

宣皇制《泰边陲》曲,撰其词云:"海岳晏咸通。"此符武皇之号也。

李郃为贺牧,与妓人叶茂连江行,因撰《骰子选》,谓之"叶子"。咸通以来,天下尚之。

绣岭宫显庆二年置,在硖石县西三里,亦有御汤。

崔圆妻在家,见二鹊构巢,共衔一木,大如笔管,长尺余,安巢中,众悉不见。俗言见鹊上梁必贵。

李讷仆射性卞急,酷尚弈棋,每下子安详,极于宽缓。往往躁怒作,家人辈则密以弈具陈于前,讷睹便忻然改容,以取其子布弄,都忘其恚矣。

忏之始,本自南齐竟陵王。因夜梦往东方普光王如来所,听彼如来说法后,因述忏悔之言。觉后即宾席,梁武、王融、谢朓、沈约共言其事,王因兹乃述成《竟陵集》二十篇、《忏悔》一篇。后梁武得位,思忏六根罪业,即将《忏悔》一篇,乃召真观法师慧式,遂广演其文,述引诸经而为之。故第二卷中《发菩提心》文云:"慧式不惟凡品,轻摽心志;实由渴仰大乘,贪求佛法。依倚诸经,取譬世事。"即非是为郄后所作。今之序文,不知何人所作,与本述不同。近南人新开印本,去其"慧式"二字,盖不知本末也。

白仁哲龙朔中为虢州朱阳尉,差运米辽东。入海遇风,四望昏

黑,仁哲忧惧,即念《金刚经》三百遍。忽如梦寐,见一梵僧谓曰:"汝
念真经,故来救汝。"须臾风定,八十余人俱济。

鲤脊中鳞一道,每鳞上有小黑点,大小皆三十六鳞。唐律,取得
鲤鱼即宜放,仍不得吃,号"赤鲜公",卖者决六十。

三原之南薰店,贞元末有孟媪者,百余岁而卒。年二十六嫁张
眘,眘为郭汾阳左右,与媪貌相类。眘死,媪伪衣丈夫衣,为眘弟,事
汾阳。又凡一十五年,已年七十二矣,累兼大夫。忽思茕独,遂嫁此
店潘老为妇。诞二子,曰滔、曰渠,滔年五十四,渠年五十二。

连山张大夫抟好养猫儿,众色备有,皆自制佳名。每视事退,至
中门,数十头拽尾延脰盘接。入以绛纱为帏,聚其内以为戏。或谓抟
是猫精。

昇平裴相昆弟三人,俱盛名。朝中品藻,谓佽不如俦,俦不如休。

贞元十三年二月,授许孟容礼部员外郎。有公主之子,请两馆
生,孟容举令式不许。主诉于上,命中使问状。孟容执奏,竟不可夺,
迁本曹郎中。

郑致雍未第,求婚于白州崔相远,初许而崔有祸,女则填宫。至
开平中,女托疾出本家,致雍复续旧好,亲迎之礼,亦无所阙。寻崔氏
卒,杖经期周,莫不合礼,士林以此多之。场中翘首,一举状头,脱白
授校书郎,入翰林,与丘门同敕。不数年卒。

镇州普化和尚咸通初将示灭,乃入市,谓人曰:"乞一人直裰。"人
或与披袄,或与布裘,皆不受,振铎而去。时临济令送与一棺,师笑
曰:"临济厮儿饶舌。"便受之。乃告辞曰:"普化明日去东门死也。"郡
中相率送出城,师厉声曰:"今日葬不合青乌。"乃曰:"第二日南门迁
化。"人亦随之。又曰:"明日出西门去。"人出渐稀,出已还返,人意稍
怠。第四日,自擎棺出北门外,振铎入棺而逝。人奔走出城,揭棺视
之,已不见。唯闻铎声渐远,莫测其由。

张镒父齐丘酷信释氏,每旦更新衣,执经于像前,念《金刚经》十
五遍,积十年不懈。永泰初,为朔方节度使,衙内有小将负罪,惧事
露,乃扇动军人数百,定谋反叛。齐丘因衙退,于小厅闲行,忽有兵数
十,露刃走入。齐丘左右惟奴仆,遽奔宅门,过小厅数步,回顾又无

人,疑是鬼物。将及宅,其妻女奴婢复叫呼出门,云:"有两甲士,身出厅屋上。"时衙队军健闻变,持兵乱入小厅前,见十余人屹然庭中,垂手张口,投兵于地。众遂擒缚五六人,喑不能言。余者具首云:"欲上厅,忽见二士长数丈,瞋目叱之,初如中恶。"齐丘因之断酒肉。

天宝中哥舒翰为安西节度使,控地数千里,甚著威令。故西鄙人歌曰:"北斗七星高,哥舒夜带刀。吐番总杀尽,更筑两重壕。"时差都知兵马使张擢上都奏事,值杨国忠专权好货,擢逗留不返,因纳贿交结。翰续入朝奏,擢知翰至,擢求国忠拔用。国忠乃除擢兼御史大夫,充剑南西川节度使。敕下,就第辞翰,翰命部下就执于庭,数其罪而杀之。俄奏闻,帝却赐擢尸,更令翰决一百。

至德初安史之乱,河东大饥。荒地十五里生豆谷,一夕扫而复生,约得五六千石。其米甚圆细复美,人皆赖焉。

李德裕幼时尝于明州见一水族,有两足,嘴如鸡,鱼身,终莫辨之。

刘晏任吏部,与张继书云:"博访群材,揖对宾客,无如戴叔伦。"

吉顼之父哲为冀州长史,与顼娶南宫县丞崔敬女,崔不许,因有故胁之。花车卒至,崔妻郑氏抱女大哭曰:"我家门户底不曾有吉郎。"女坚卧不起。小女自当,登车而去。顼后入相。

雷公墨,雷州之西有雷公庙,彼中百姓每年配纳雷鼓雷车。人有以黄鱼鼍肉同食者,立遭雷震,人皆敬而惮之。每大雷后,人多于野中拾得黳石,谓之"雷公墨",扣之枪枪然,光莹如漆。又于霹雳处或土木中,收得如楔如斧者,谓之"霹雳楔"。与儿带,皆辟惊邪,与孕妇人磨服为催生药,皆有应验。

诃子汤,广之山村皆有诃梨勒树。就中郭下法性寺佛殿前四五十株,子小而味不涩,皆是陆路。广州每岁进贡,只采兹寺者。西廊僧院内老树下有古井,树根蘸水,水味不咸。院僧至诃子熟时,普煎此汤,以延宾客。用新诃子五颗、甘草一寸,并拍破,即汲树下水煎之,色若新茶,味如绿乳,服之消食疏气,诸汤难以比也。佛殿东有禅祖慧能受戒坛,坛畔有半生菩提树,礼祖师啜乳汤者,亦非俗客也。近李夷庚自广州来,能煎此味,士大夫争投饮之。

天授三年，始置试衔。

李延寿所撰《南》、《北史》，因父太师先有纂集未毕，追终先志，凡十六载方毕。合一百八十卷，并表上之。其表云："《北史》起魏登国元年，尽隋义宁二年，凡三代二百四十年；兼自东魏天平元年，尽齐隆化二年，又四十四年行事。总编为《本纪》十二卷、《列传》八十八卷，谓之《北史》。《南史》起宋永初元年，尽陈祯明三年，四代一百七十年。为《本纪》十卷、《列传》七十卷，谓之《南史》。南、北两朝，合一百八十卷。"其表云："鸠集遗逸，以广异闻；去其冗长，扬其菁华。既撰自私门，不敢寝嘿。"又云："未经闻奏，不敢流传；轻用陈闻，伏深战越。"

元相稹之薨也，卜葬之夕，为火所焚，以煨烬之余瘗之也。

李德裕自西川入相，视事之日，令御史台榜兴礼门："朝官有事见宰相者，皆须牒台。其他退朝从龙尾道出，不得横入兴礼门。"于是禁省始静。

天宝中有樵人入山醉卧，为蛇所吞，因以樵刀画腹得出，久之方悟。自尔半身皮脱，如白风状。

上官昭容，仪之孙也。其母将诞之夕，梦人与秤曰："持此秤量天下文士。"母视之曰："秤量天下，岂是汝耶？"口中呕呕，如应曰"是"。

德皇西幸，知星者奏曰："逢林即住。"及至奉天，奉天尉贾隐林入谒，遂拜侍御史。

睿皇时，司马承祯归山，乃赐宝琴花帔以送之。公卿多赋诗以送，常侍徐彦伯撮其美者三十余篇为制序，名曰《白云记》，盖承祯曾号"白云子"也。

开元八年穀水夜半涨，时伐契丹，兵营于彼，漂没二万人。唯行纲夜捊蒲不睡，接高获免。

卫中行自福察有赃，流于播州。会赦北还，死于播之馆，置于臼塘中。南人送死无棺椁之具，稻熟时理米，凿木若小舟以为臼，土人呼为"臼塘"。

范液有口才，薄命，所向不偶。曾为诗曰："举意三江竭，兴心四海枯。南游李邕死，北望宋珪殂。"

进士周逊改次《千字文》，更撰《天宝应道千字文》，将进之，请颁行天下。先呈宰执,右相陈公迎问之曰:"有添换乎?"逊曰:"翻破旧文,一无添换。"又问:"翻破尽乎?"对曰:"尽。"右相曰:"'枇杷'二字,如何翻破?"逊曰:"唯此两字依旧。"右相曰:"若如此,还未尽。"逊逡巡不能对。

御史旧例,初入台陪直二十五日,节假直五日,谓之"伏豹直"。百司州县初授官陪直者有此名。杜易简解"伏豹"之义云:"直宿者,离家独宿,人情所违。其人初蒙荣拜,故以此相处。伏豹直者,言众官皆出,此人独留,如藏伏之豹,伺候待搏,故曰'伏豹'耳。"韩琬则解为爆,直言如烧竹,遇节则爆。封演以为旧说南山赤豹爱其毛体,每雪霜雾露,诸禽兽皆出取食,唯赤豹深藏不出,故古人以喻贤者隐居避世。鲍明远赋云:"岂若南山赤豹,避雨雾而深藏。"而言伏豹、豹直者,盖取不出之义。初官陪直,已有"伏豹"之名,何必以遇节而比烧竹之爆也。

近代通谓府廷为公衙,即古之公朝也。字本作牙,《诗》曰:"祈父,予王之爪牙。"祈父司马,掌武备,象兽以牙爪为卫,故军前大旗谓之牙旗,出师则有建牙祃牙之事。军中听号令必至牙旗之下,与府朝无异。近俗尚武,是以通呼公府公门为牙门,字称讹变转为衙。

官衔之名,盖兴近代。当是选曹补授,须存资历。闻奏之时,先具旧官名品于前,次书拟官于后,使新旧相衔不断,故曰官衔,亦曰头衔。所以名衔者,言如人口衔物,取其连续之意。又如马之有衔,以制其首,前马已进,后马续来,相似不绝者。古人谓之衔尾相属,即其义也。

薛宜僚会昌中为士庶子,充新罗册赠使,由青州泛海。船频阻恶风雨,至登州,却漂回青州。邮传一年,节度乌汉贞加待遇。有籍中饮妓段东美者,薛颇属情,连帅置于驿中。是春薛发日,祖筵呜咽流涕,东美亦然。及于席上留诗曰:"阿母桃花方似锦,王孙草色正如烟。不须更向沧溟望,惆怅欢娱恰一年。"薛到外国,未行册礼,旌节晓夕有声。旋染疾,谓判官苗田曰:"东美何故频见梦中乎?"数日而卒。苗摄大使行礼。薛旅榇还及青州,东美乃请告,至驿素服奠,哀号抚柩,一恸而卒。情缘相感,颇为奇事。

　　沈询嬖妾有过，私以配内竖归秦，询不能禁。既而妾犹侍内，归秦耻之，乃挟刃伺隙杀询及其夫人于昭义使衙。是夕询尝宴府中宾友，乃更歌着词令曰："莫打南来雁，从他向北飞。打时双打取，莫遣两分离。"及归而夫妇并命。时咸通四年。

　　顾非熊少时尝见郁栖中坏绿裙幅，旋化为蝶。张周封亦言百合花合之泥，其隙经宿亦化为大蝶。

　　胡涮者，吴少诚之卒也，为辩州刺史，好击球。南方马库小不善驰，涮召将吏蹴鞠，且患马之不便玩习，因命夷民十余辈肩舁，据辇执杖，肩者且击，旋环如风。稍怠，涮即以策叩其背，犯鞭亟走，涮用是为笑乐。

　　三藏，谓大乘中及薛婆多部。诸小乘经量部师，唯立二藏。比西天宗部各异。一素怛缆藏，此云《契经》，能契于理及摄生。故《佛地论》云："能贯摄故名为经。"佛初成道，为五俱轮等说四谛十二行法，即《三转法轮经》为首，此幻化相而谈名幻性说。初成正觉，为诸菩萨称法界性说。《华严经》譬如日出先照高山，尔时声闻在会，如此方时，即《四十二章经》为首。《开元录》，即《大般若经》为首。二毗柰耶藏，此云调伏，如期所应为调伏。故《摄论》云："调和控御身语等业，制伏灭除诸恶行故。"律即以四分戒经为上首，即佛成道十二年中说。若约教至此方，即以遗戒经为首。又律有大乘、小乘律令。此律藏即以菩萨地持经为首，亦名为论，亦名菩萨戒，此开元次第也。三阿毗达磨藏，达磨此云法，阿毗有四义，此云对法、数法、伏法、通法。对法向无注涅槃故，又有《通释契经义》，故此藏亦名邬波提铄。古云优波提舍，此云《论议》，又曰摩呾里迦，古曰摩德里迦，此云本无，自佛在世及灭度后，大、小乘各有制造，不可见其先后。若依《开元录》，即《大智度论》为首，龙树菩萨造。《圣贤集传》、《契经》、《应颂》、《记别》、《讽诵》、《自说》、《缘起》、《譬喻》、《本事》、《本生》、《方广》、《希法》、《论议》，亦名为十二部经，谓部类也。以转法轮三周，总说十二行相，能铨彼教分类，故分十二。又破十二有支，入十二处所说法，亦为十二示。

　　王蜀刑部侍郎李仁表寓居许州，将入贡于春官，时薛能尚书为镇，先缮所业诗五十篇以为赞，濡翰成轴，于小亭凭几阅之。未三五首,有戴胜自檐飞入,立于案几之上。驯狎良久,伸颈鹎翼而舞,向人若将语。久之又转又舞,向人若语。如是者三,超然飞去。心异之,不以告人。翌日投诗,薛大加礼待。居数日,以其子妻之。

濠州西有高塘馆,附近淮水,御史阁敬爱宿此馆,题诗曰:"借问襄王安在哉,山川此地胜阳台。今朝寓宿高塘馆,神女何曾入梦来。"轺轩来往,莫不吟讽,以为警绝。有李和风者至此,又题诗曰:"高唐不是这高塘,淮畔江南各一方。若向此中求荐枕,差参笑杀楚襄王。"读者莫不解颜。后因失印求新铸,始添濠字。

乔林天宝初自太原赴举,过大梁,有申屠生善鉴人,谓之曰:"惜其情反于气,心不称质。若交极位,不至百日;年过七十,当主非命。"咸如其言。后在相位八十七日,七月七日生,七月七日诛。

萧颖士开元中年十九,擢进士第,儒、释、道三教无不该通。然性褊躁,忽忿戾,举世无比。尝使一佣仆杜亮,每一决责,便至力殚。亮养疮平,复为其指使如故。人有劝,曰:"岂不知,但以爱其才而慕其博奥,以此恋恋不能去。"卒至于死耳。

辛

三余之士具庆之下多避忧，阙除则皆不受，对易于他人。

大历来，自丞相已下出使作牧，无钱起、郎士元诗祖送者，时论鄙之。

海内温汤甚众：有新丰骊山汤，蓝田石门汤，岐州凤泉汤，同州北山汤，河南陆浑汤，汝州广城汤，兖州乾封汤，荆州沙河汤。此等诸汤，皆知名之汤也，并能愈疾。骊山汤甫迩京邑，帝王时所游幸。玄皇于骊山置华清宫，每年十月舆驾自京而出，至春乃还。百官羽卫，并诸方朝集，商贾繁会，里闾阗咽焉。山上起朝元阁，上常登眺，命群臣赋诗，正字刘飞诗最清拔，蒙赏之。右相李林甫怒飞不先呈己，出为一尉，竟不入而卒，士子冤之。丧乱以来，汤所馆殿，鞠为茂草。《博物志》云："水源有石硫黄，其泉则温。"天下山泉由土石滋润，蓄而成泉耳。如硫黄煎铄，久久理当焦竭。汤之处皆不出硫黄，有硫黄之所，不闻有汤，事可明矣。

卢常侍钘牧庐江日，相座嘱一曹生，令署郡职，不免奉之。曹悦营妓名丹霞，卢阻而不许。会饯朝客于短亭，曹献诗云："拜玉亭闲送客忙，此时孤恨感离乡。寻思往岁绝缨事，肯向朱门泣夜长。"卢演为长句，和而勖之，曰："桑扈交飞百舌忙，祖亭闻乐倍思乡。樽前有恨惭卑宦，席上无聊爱靓妆。莫为狂花迷眼界，须求真理定心王。游蜂采掇何时已，却恐多言议短长。"令丹霞改令罚曹，霞乃号为怨胡天，以曹状貌甚肖胡。满座欢笑，卢乃目丹霞为怨胡天。

有范师姨者，知人休咎，为颜鲁公妻党。颜尝问之："官阶尽得五品否？"范笑曰："邻于一品。颜郎所望，何其卑也！"颜曰："官阶尽得五品，身著绯衣，带银鱼，儿子补斋郎，余之满望也。"范指座上紫丝食单，曰："颜郎衫色如是。"

吴行鲁尚书，彭城人，少年事内官西门思恭，小心畏慎，每夜尝为温溺器以奉之，深得中尉之意。一日当为中尉洗足，中尉以足下文理示之，曰："如此文理，争教不作军容使。"行鲁拜曰："此亦无凭。"西门曰："何也？"鲁曰："若其然者，某亦有之，何为常执仆厮之役？"乃脱履呈之，西门嗟叹谓曰："汝但忠孝，我当为汝成之。"后为川帅。

元万顷为辽东道管记，作檄文讥议高丽，曰："不知守鸭绿之险。"莫之离报云："谨闻命矣。"遂移兵守之。万顷坐是流于岭南。

驸马韦保衡之为相，以厚承恩泽，大张权势。及败，长安市儿忽竞彩戏，谓之打围。不旬余，韦祸及。

吕衡州温，祖延之，父渭，俱有盛名，重任。而吕氏家风，先世碑志不假于人，皆子孙自撰。云："欲传庆善于信词，儆文学之荒坠也。"

柳芳上元中为史臣，得罪窜逐黔中。时高力士亦徙巫州，因相遇，为芳言禁中事，芳因论次其事，号曰"问高"。力士后著唐历，此书不复出。

开元皇帝初即位，曾醉中杀一人。自此覆杯，四十年不尝酒味。

真定帅王公一日携诸子入赵州院，坐而问曰："大王会么？"王曰："不会。"师云："自小持斋身已老，见人无力下禅床。"王公尤加礼重。翌日令客将传语，师下禅床受之。侍者问："和尚见大王来，不下禅床，今日军将来，为甚么却下禅床？"师云："非汝所知。第一等人来，禅床上接；中等人来，下禅床接；末等人来，三门外接。"

端州已南三日一市，谓之"趁虚"。

南中解毒药谓之"吉财"，俗云："昔人遇毒，其奴吉财得是药，与其主服，遂解，因名之。"又谚曰："秋收稻，夏收头。"即妇人岁以截发而货，以为常也。

长沙岑和尚因问话蹋倒仰山，仰山曰："直下是个大虫。"自此诸方号岑山为大虫。长沙嗣南泉，法名景岑也。

安邑县北门，县人云："有一蝎如琵琶大，每出来不毒人，人犹是恐，其灵积年也。"

吕太一为户部员外郎，户部与吏部邻司，时吏部移牒，令户部于墙宇自竖棘，以备铨院之交通。太一答曰："眷彼吏部，铨总之司，当须简要清通，何必竖篱种棘？"省中赏其清俊。

开元二十七年，明州人陈藏器撰《本草拾遗》云："人肉治羸疾。"

自是闾阎相效割股，于今尚之。

开元二十八年，天下无事，海内雄富。行者虽适万里，不持寸刃，不赍一钱。

开元二年，以江宁县置金陵郡。

天宝四载，改尚书无颇字为陂。

太平公主之出降薛绍也，燎炬列焰，槐树多死。永隆二年七月也。

上元二年，制敕始用黄纸。

李客师为大将军，即靖之弟也。好从禽，人谓之"鸟贼"。

贞观末，吐番献金鹅，可盛酒三斗。

景云二年，除贺拔嗣河西节度使。节度使自此始。

杨妃本寿王妃，开元十八年度为道士入内。

裴子羽为下邳令，张晴为县丞，二人俱有声气，而善言语。论事移时，人吏窃相谓曰："县官甚不和？长官称雨，赞府道晴，终日如此，非不和乎？"

玄皇尝召王元宝问其家财多少，对曰："臣请以绢一匹系陛下南山树，树尽臣绢未穷。"又玄皇御含元殿，望南山，见一白龙横亘山间，问左右，皆言不见。令急召元宝问之，元宝曰："见一白物横在山顶，不辨其状。"左右贵臣启曰："何则臣等不见？"玄宗曰："我闻至富可敌贵，朕天下之贵，元宝天下之富。"元宝又年老好戏谑，出入市里，为人所知。以钱文有元宝字，因呼钱为王老，盛流于时矣。

河满子者，蜀中乐工，将就刑，献此曲而不免。当时云，一声去也。又《北史》隋乐人王令言，尝卧于室内，其子以琵琶于户外弹作翻调《安公子》。令言惊起问曰："此曲有来远近？"子曰："顷来有之。"令言流涕曰："帝往江东，当不返矣。"子问之，答曰："此曲宫声，往而不反。宫，君也，吾所以知之。"寻有江都之变。

江南无野狐，江北无鹧鸪，旧说也。晋天福甲辰岁，公安县沧渚民家犬逐一妇人，登木而坠，为犬啮死，乃老狐也，尾长七八尺。则丘首之妖，江南不谓无也，但稀有耳。蜀中彭、汉、邛、蜀绝无，唯山郡往往而有，里人号为野犬。更有黑腰、尾长、头黑、腰间燋黄，或于村落鸣，则有不祥事。

鹤疮，人血能疗。又说三世人则可，唯洛中胡卢生尔。

郑珏第十九，应进士，十九年及第，十九人及第，十九年后入相。子逊，太平兴国中任正郎。

冀王朱友谦镇河中，常以一铁球杖昼夜为从，遇怒者，击而毙之。有爱姬极专房，因其夫人之诞日作珠翠衣以献，夫人拒而不纳，姬乃发怒，悉焚之。友谦忽闻其臭，询之得实。至暮，遂命其姬三杯后责人喝起，而球杖破脑矣。

洛阳郑生，丞相杨武之后也。家藏书法数十轴，贾君常得遍阅。其尤异者，晋卫瓘上晋武帝启事，纸尾有批答处。又有太宗在辽东与宫人手敕，言军国事一取皇太子处置。其翰真草相半，字有不用者，皆浓墨涂杀，圆如棋子，不可寻认。复有欧阳率更为皇太子起草表本，不言太子讳，称"臣某叩头顿首"。书甚端谨，然多涂改。于纸末别标"臣询呈本"四字。

华岳金天王庙明皇御制碑，广明中其石忽鸣，隐隐然声闻数里，浃旬而后定。明年巢寇犯阙，其庙亦为贼火焚爇，仍隳其门观。

郑绍光中者，大中之外孙，万寿公主之子。自襁褓至悬车，事十一君，凡七十载。所任无官谤，无私过，三持节使，不辱君命。士无贤不肖，皆恭己接纳。晚年偃，时人咸曰："郑偃不适。"平生交友之中无怨隙，亲族之间无爱憎。及致政归洛，燕居寝疾，卒年八十，位至户部尚书。

江淮间多九郎庙与茅将军庙。九郎者，俗云即苻坚之第九子，曾有阴兵之感，事极多说。茅将军者，庙中多画缚虎之像。盖唐末浙西僧德林少时游舒州，路左见一夫，荷锄治方丈之地，左右数十里不见居人。问之，对曰："顷时自舒之桐城至此，暴得痁疾，不能去，因卧草，及稍醒，已昏矣。四望无人烟，唯虎豹吼叫，自分必死。俄有一人，部从如大将，至此下马，据胡床坐，良久召二卒曰：'善守此人，明日送至桐城县下。'遂上马，忽不见，唯二卒在焉。某即强起问之，答：'此茅将军，常夜出猎虎，忧汝被伤，故使护汝。'欲更问之，则困卧。及觉已旦，不见二卒。即起行，意甚轻健，至桐城，顷之疾愈。故以所见之地立祠祀之。"德林止舒州十年，及回，则村落皆立茅将军祠矣。

胡桐泪出楼兰国。其树为虫所蚀，沫下流出者，名为胡桐泪，言似眼泪也。以汁涂眼。今俗呼为胡桐律，讹也。

无名异自南海来。或云："烧炭灶下炭精，谓百木脂归下成坚物也。"一云："药木胶所成。"然其功补损立验。胡人多将鸡鸭打胫折，将此药摩酒沃之，逡巡能行为验。形如玉柳石，而黑轻为真。或有橄榄作，尝之粘齿者，伪也。验之真者，取新生鹿子，安此药一粒于腹脐中，其鹿立有肉角生，是真也。一云："生东海者，树名多茄，是树之节胶。"采得胡人，炼作煎干。缘生异，故有多说。

开元中重沙门。一行幼时，邻母常济行贫，常思报之。后王姥男杀人，诣求救。行曰："要金帛可十倍酬，国法难请。"姥戟手骂曰："何用此为！"一行心计浑天，日役数百工，命空其室，移一大瓮于中。又密遣奴二人持布囊，曰："汝可往某方，某角有废园，汝潜伺之。自午至昏，当有异物至，其数七，可尽掩之，失一则罪汝。"至彼酉时，果有群豕至，奴获七豕。囊负归，令置瓮中，覆以木盖，封以六一泥，朱书梵字数十，其徒罔测。诘旦，中使诏便殿，玄皇曰："太史奏昨夜北斗不见，何祥也？师禳之乎？"一行曰："后魏时失荧惑，至今帝车不见，此天警陛下耳。臣所见，莫若大赦天下。"从之。一行归，放一豕出。其夕奏一星见，至七夕皆见矣。

张志安居乡里称孝，差为里尹。在县忽称母疾，急白县令。令问志安，曰："母有疾，志安亦病。志安适患心痛，是以知母有疾。"令拘之，差人覆之，果如此说。寻奏高祖，表门闾。寻拜散骑常侍。又裴敬彝父为陈王典所杀，敬彝时在城，忽自觉流涕不食，谓人曰："我大父凡有痛处，吾即不安。今日心痛，手足皆废，事在不测。"遂归觐，父果已死。

懿宗赐公主出降幕三丈，长一百尺，轻亮。向空张之，纹如碧丝之贯赤珠，虽暴雨不濡湿。云以鲛人瑞香膏傅之故尔。云得自鬼国。

狼之状若狗，苍赤色者最猛，每作声，窍皆沸。腿中有筋，大如鸡子。又筋满身，犹织络之状。人或有犯盗讳不首者，但烧此筋，以烟熏之，能使盗者手挛缩可怪。凡边疆放火号，常用狼粪烧之以为烟，烟气直上，虽冽风吹之不斜。烽火常用此，故为候曰“狼烟”也。

龙之性粗猛，而畏蝎，爱玉及空青，而嗜烧燕肉，故食燕肉人不可渡海。

大中时女王国贡龙油绢，形特异，与常缯不类。云以龙油浸丝织出，雨不能濡。又宝库中有澄水帛，亦外国贡。以水蘸则寒气萧飔，暑月辟热，则一堂之寒思挟纩。细布明薄可鉴，云上傅龙涎，故消暑毒也。

元和初，阴阳家言五福太一在蜀，故刘辟造五福楼，符载为文记。

李铉著《李子正辩》，言至精之梦，则梦中之身可见。如刘幽求见妻，梦中身也，则知梦不可以一事推矣。愚者少梦，不独至人。闻之驺皂，百夕无一梦也。

蜀东、西川之人常互相轻薄。西川人言梓州者，乃我东门之草市也，岂得与我耦哉？节度使柳仲郢闻之，谓幕宾曰：“吾立朝三十年，清华备历，今日始得为西川作市令。”闻者皆笑之。故世言东、西两川人多轻薄。

畿尉有六道：入御史为天道，入评事为仙道，入京尉为人道，入畿丞为苦海道，入县令为畜生道，入判司马为饿鬼道。

大中丞郎宴席，蒋伸在座，忽酌一杯，言曰：“座上有孝于家、忠于国及名重于时者，饮此爵。”众皆肃然，无敢举者。独李孝公景让起，饮此爵。蒋曰：“此宜然。”

刘禹锡言：“司徒杜公佑，视穆赞也故人子弟。”佑见赞为台丞，数弹劾。因事戒之曰：“仆有一言为大郎久计：他日少树敌为佳。”穆深纳之。由是少霁其口。

大和中光禄厨欲宰牝牛，牛有胎，非久合生。或曰：“既如此，可换却。”屠者操刀直前，略不介意。牛乃屈膝拜之，亦不肯退，此牛并子遂殒于刃下。而屠者忽狂惑失常，每日作牛喘，食草少许，身入泥水，以头触物，良久方定。

杜荀鹤第十五字彦之，池州人。大顺二年正月十日裴贽下第八人。其年放榜日，即荀鹤生日，故王希羽赠诗云：“金榜晓悬生世日，玉书潜纪上升时。九华山色高千尺，未必高于第八枝。”后入梁为主客员外郎、翰林学士。怀恩思报,未几暴卒。

李英公为宰相时,有乡人常过宅,为设食。客裂却饼缘,英曰:"君太少年。此饼犁地两遍,熟穊下种,锄庯收刈,打扬讫,硙罗作面,然后为饼。少年裂却缘,是何道理?此处由可,若对至尊前,公作如此事,参差斫却你头。"客大惭悚。

李齐物天宝初为陕州刺史,开砥柱之险,石中得古铁犁铧,有"平陆"字,因改河北县为平陆县。

晋公在中书,左右忽白以印失所在,闻之者莫不失色。度即命张筵举乐,人不晓其故,窃怪之。夜半宴酣,左右复白以印存焉。度不答,极欢而罢。或问度以故,度曰:"此出于胥徒盗印书券耳,缓之则存,急之则投水火,不复更得之矣。"时人服其宏量。

胡楚宾属文敏速,每饮酒半酣而后操笔。高宗每令作文,必以金杯盛酒令饮,便以杯赐之。

李素替杜兼,时韩吏部愈自河南令除职方员外郎归朝,问前后之政如何,对曰:"将缣来比素。"

李相国程执政时,严谟、严休皆在南省,有万年令阙,人多属之。李云:"二严休不如谟。"

元和十五年,辛丘度、丘纾、杜元颖同时为遗补令史分直,故事但举其姓,曰"辛、丘、杜当入"。

独孤常州及末年尤嗜鼓琴,得眼疾不理,意欲专听。

杜兼常聚书至万卷,卷后必有题云:"清俸写来手自校,汝曹读之知圣道,坠之鬻之为不孝。"

大中三年东都进一僧,年一百二十岁。宣皇问:"服何药而至此?"僧对曰:"臣少也贱,素不知药性。本好茶,至处唯茶是求。或出,亦日过百余碗,如常日,亦不下四五十碗。"因赐茶五十斤,令居保寿寺。

开元已后鄜常侍,拜此官者,朝中谓之"貂脚"也。

杜豳公惊位极人臣,富贵无比。尝与同列言:"平生不称意有三:其一为澧州刺史,其二贬司农卿,其三自西川移镇广陵,舟次瞿塘,为骇浪所惊,左右呼唤不至,渴甚,自泼汤茶吃也。"

天宝十二载,始改金风调《苏莫遮》为《感皇恩》。

中书门下、吏部各有甲历,名为"三库",以防渝滥。户部式云:"安曲西偏桃仁一石;安州糟藏越瓜二百挺,瓜豆豉五斗;戎州荔枝煎五斗,兼皮蜜浸四斗;甘州冬柰五百颗;房州竹豚五枚;兰州羌魅_{未详}儿六枚;此每年进数。"余久主判户部,逐年所上贡,此物咸绝,但杭州进糟瓜耳。

姚岘为于顿陕州掾,不胜其虐。与其弟泛舟于河,遂自投而死。

光化四年正月宴于保宁殿,上自制曲,名曰《赞成功》。时盐州雄毅军使孙德昭等杀刘季述,帝反正,乃制曲以褒之。仍作《樊哙排君难》戏以乐焉。

孟云之诗,祖述沈千运。

景云三年八月十七日东方有流星,出五车至上台,又岁星犯左执法。时侍中窦怀贞请罢所职为安国寺奴,罢职从之,为寺奴不许。

章八元尝于邮亭偶题数言,盖激楚之谓也。会严维至驿,问元曰:"汝能从我学诗乎?"曰:"能。"少顷遂发,元已辞家。维大异之,乃亲指喻。数年间,元擢第。

巨胜者,玄秋之沉云也。茯苓者,绛晨之伏胎也。

苏涣本不平者,善放白弩,巴中号为"弩跕",寳人患之。比壮年后,自知非,变节从学。乡赋擢第,累迁至侍御史,佐湖南幕。崔中丞遇害,涣遂逾岭扇动。

司空图侍郎旧隐三峰,天祐末移居中条山王官谷,周回十余里,泉石之美,冠于一山。北岩之上有瀑泉流注谷中,溉良田数十顷。至今子孙犹存,为司空之庄耳。

建中年中,大林国贡火精剑。其国有山,方数百里,上出神铁,以其有瘴毒,不可轻采取。若中国之有明君,此铁自流出,炼之为剑,有光如电,切金玉如泥。以朽木磨之,则生烟焰;以金石击之,则火光迸溢。德宗之将幸奉天,自携火精剑出于殿内,遂以剑斫槛上铁狻猊,应手而碎。及乘舆遇夜,侍从皆见上仗之,有数日光明。

罗浮甘子,其味逾常品。开元中始有僧种于楼寺,其后常资献进。玄宗幸奉天之时,皆不结实。

　　婆娑石一名婆萨石。《灵台记》云："质多者味甜，无毒，性温，疗一切虫毒，及诸丹石毒肿毒跗折。"此石出西蕃山中，涧中有盘，形状礧魂，大小不常。色如瓜皮，青绿黑斑，有星者为上。似嵩山矾石，斑不至焕烂者为中。色如滑石微黄轻者为下。但以人血拭之，羊鸡血磨，一如乳，似觉脏为妙。西番以为防身之宝，辟诸毒也。

　　封抱一任栎王尉，有客过之，既短，又患眼及鼻塞。抱一用《千字文》作语嘲之，诗曰："面作天地玄，鼻为雁门紫。既无左达丞，何劳罔谈彼。"

　　崔郢为京尹日，三司使在永达亭子宴丞郎，崔乘酒突饮，众人皆延之。时谯公夏侯孜为户部，使问曰："伊曾任给舍否？"崔曰："无。"谯公曰："若不曾任给舍，京兆尹不合冲丞郎宴席。"命酒纠来恶下筹，且吃罚爵。取三大器引满引之，良久方起。决引马将军至毙，崔出为宾客分司。

　　陆相庾出典夷陵时，有士子修谒，相国与之从容。因酒酌劝，此子辞曰："天性不饮。"相国曰："诚如所言，已校五分矣。"盖平生悔吝，各有十分，不为酒困，自然减半矣。

　　卢詹尚书任吏部，押官告，楷署其名，字体遒丽，时谓之"真书卢家"。

　　袁象先之子羲初自大理评事除户部郎中，未几迁宣徽使。不周载，拜宣武军节度使。

壬

李纹者,早年受王涯恩,及为歙州巡官时,涯败,因私为诗以吊之。末句曰:"六合茫茫皆汉土,此身无处哭田横。"乃有人欲告之,因而《纂异记》记中有《喷玉泉幽魂》一篇,即甘露之四相也。玉川先生,卢仝也。仝亦涯客,性僻面黑,常闭于一室中,凿壁穴以送食。大和九年十一月二十日夜,偶宿涯馆。明日,左军屠涯家族,随而遭戮。

裴说,宽之侄孙,佐西川韦皋幕。善鼓琴,时称妙绝。灵开山有美桐,取而制以新样,遂谓之灵开琴。蜀中又有马给,弹琴有名,尤能大小间弦。吴人阳子儒,亦于悲风尤妙。

天尊应号者,取《灵宝经》中三十二天之十方,即其次序也。

大忌,学士进名奉慰,其日尚食供素膳,赐茶十串。

大中年日本国王子求唐人围棋。上敕待诏顾师言敌著,出楸玉局,冷暖棋子。本国有手谭池,池中出玉子,不由制处,自然黑白,冬温夏冷。

御厨进馔,凡器用有少府监进者。九饤食,以牙盘九枚装食味其间,置上前,亦谓之"看食见"。京都人说,两军每行从进食及有宴设,多食鸡鹅,每只价直二三千。每有设,据人数取鹅,炸去毛及五脏,穰以肉及粳米饭,五味调和。先取羊一口,亦炸剥去肠胃,置鹅于其中,缝合炙之,肉熟便堪,去却羊,取鹅浑食之,谓之"浑羊没忽"。翰林学士每遇食赐食,有物若毕罗衫,绝大,滋味香美,号为"诸王修事"。

高劭者,骈之犹子,以门地迁华州刺史。中和后寓圃田,为蔡寇挈之。后得脱去,投汴,梁祖擢为判官。后驾在岐,使致书四。入至三原,行十里,遇害。

僧佛寿命者,续佛寿命也。《四分律中》说:"住持毗尼藏者,即住佛法也。以住持佛法故,乃续佛寿命。"《结集缘起》云:"佛临涅槃,阿难问佛,佛灭度后,以何为师?佛答阿难;吾灭度后,以波罗提木叉为师。"梵曰波罗提木叉,此云别解脱戒,与毗尼同出而异名。毗尼者,此云调服律藏也。又《戒经序》云：“今演毗尼法，令正法久住。”

大和九年，敕江南、湖南共以傔资一百二十分送上都，充宰臣雇召手力。宰臣李石坚让，乞只以金吾手力引，从之。时初诛李训后也，至今为例。

建中三年六月，诏中书门下两省各置印一面。

元和三年，李藩为给事中，时制敕有不可，遂于黄纸批之。吏曰：“宜连白纸。”藩曰：“别以白纸是文状，岂曰批敕。”裴洎言于上，以谓有宰相器。俄而郑絪罢免，藩遂拜相。

万回，阌乡人也。神用若不足，人谓愚痴无所能。其兄戍安西，久不得问，虽父母亦谓其死矣，日夕悲泣而忧思焉。万回顾父母感念其兄，忽跪而言曰：“涕泣岂非忧兄耶？”父母且疑且信，曰：“然。”万回曰：“详思我兄所要者，衣装糗粮屝履之属悉备之，某将往观。”忽一朝，赍所备而去，夕返其家，谓父母曰：“兄善矣。”发书视之，乃兄迹也。弘农抵安西盖万余里，以其万里而回，故曰万回也。万回貌若愚痴，忽有先举异见，惊人神异也。上在藩邸时多行游人间，万回每于聚落街衢中高声曰“天子来”，或“圣人来”。信宿间上必经过徘徊也。安乐公主，上之季妹也。附会韦氏，热可炙手，道路惧焉。万回望见车骑，连唾曰：“血腥血腥，不可近也。”不久而夷灭矣。上知万回非常人，内出二宫人侍奉之，时于集贤院图形焉。

旧制，碑碣之制，五品已上碑，七品已上碣；若隐沦道素，孝义著闻，虽不仕亦立碣。

贞元已来选乐工三十余人，出入禁中，号“宣徽”。长入供奉，皆假以官第。每奏伎乐称旨，辄厚赐之。至元和八年始分番上下，更无他锡，所借宅亦收之。

胡生者，失其名，以钉铰为业，居雪溪而近白蘋洲。去厥居十余步，有古坟，胡生若每茶，必奠酹之。尝梦一人谓之曰：“吾姓柳，平生善为诗而嗜茗。及死葬室，乃子今居之侧。常衔子之惠，无以为报，欲教子为诗。”胡生辞以不能，柳强之曰：“但率子言之，当有致矣。”既寤，试构思，果有冥助者，厥后遂工焉。又一说列子终于郑，今墓在效薮，谓贤者之迹，而或禁其樵焉。里有胡生，性落魄，家贫。少为洗镜锼钉之业，倏遇甘果名茶美酝，辄祭于列御寇之祠垄，以求聪惠，而思学道。历稔，忽梦一人，刀划其腹开，以一卷之书置于心腑。及睡觉，而吟咏之意皆甚美之词，所得不由于师友也。既成卷轴，尚不弃于猥贱之业，真隐者之风，远近号为"胡钉铰"。

肃皇赐高士玄真子张志和奴婢各一人，玄真子配为夫妻，名曰渔僮、樵青。人问其故，答曰："渔僮使卷钓收纶，芦中鼓枻；樵青使苏兰薪桂，竹里煎茶。"志和字子同。

大和中，郑注中纳山木如市，一根有至万钱者。郑覃力奏，敕以禁绝。

开元十三年五月，集贤学士徐坚等纂经史文章之要，以类相从，上制曰《初学记》。至是上之，欲令皇太子及诸王检事缀文尔。

开元中，李绅为汴州节度使，上言于本州置利润楼店，从之。与下争利，非长人者所宜。

大历八年，吴明国进奉。其国去东海数万里，经挹娄、沃沮等国。其土五谷，多珍玉，礼乐仁义，无剽劫。人寿二百岁，俗尚神仙。常望黄气如车盖，知中国有土德君王，遂贡常然鼎，量容三斗，光洁类玉，其色纯紫。每修饮馔，不炽火常然，有顷自熟，香洁异常。久食之，令人反老为少，百疫不生。

《礼记·儒行》云："儒有席上之珍以待聘，夙夜强学以待问。"注云："席，犹铺陈也。铺陈往古尧舜之善道，以待见问也。大问曰聘。"今人使席上珍，皆误也，皆以为樽俎之间珍羞耳。潘岳曰："笔下摛藻，席上敷珍。"亦误也。

《玉藻》云："笏，天子以球玉，诸侯以象，士以鱼须文竹。"注："文犹饰也。大夫士饰竹为笏，不敢与君并用纯物也。"《释文》云："用文竹及鱼须也。以鱼须饰文竹之边，须音班。"今之人多呼鱼须鬓，误也。余凡四为府监试官，往往有举子于无字韵内押。

鸡树，郭颁晋《魏世语》曰：刘放、孙资共典枢要，夏侯献、曹肇心内不平。殿中有鸡树，二人相谓："此亦久矣，其能复几？"指谓中书令孙资、中书监刘放。今之人讲德于宰相，多使鸡树，非嘉也。唐贤笺启往往有之，误也。

大中二年以起居郎郑颢尚万寿公主,诏曰:"女人之德,雅合慎修,严奉舅姑,夙夜勤事,此妇人之节也。万寿公主妇礼,宜依士庶。"

一行老病将死,玄皇执手问之曰:"更有何事相求?"行曰:"尚有二事。"其一曰:"勿遣胡人掌重兵。不获已用之,勿与内宴。若使见富贵,必反逆以取。"其二曰:"禁兵勿付汉官,须令内官监统。"及幸蜀,临渭水与肃皇别,叹曰:"吾不用一行之言。"后方置神策军。又一说临终留一物,令弟子进上,发之,乃蜀当归。上初不喻,及西幸,方悟微旨。

贞元中仕进道塞,奏请难行,东省数月闭门,南台唯一御史。令狐楚为桂府白身判官,七八年奏官不下。由是两河竞辟才隽,抱器之士往往归之。用为谋主,日以恣横。元和以来,始进用有序。

大足元年,则天尝引中书舍人陆馀庆入,令草诏。馀庆迟回至晚,竟不能裁一词,由是转左司郎中。

贞元初中书舍人五员俱缺,在省唯高参一人,未几亦以病免,唯库部郎中张濛独知制诰。宰相张延赏、李泌累以才可者上闻,皆不许。其月濛以姊丧给假,或草诏,宰相命他官为之。书省按牍不行十余日。

华岳云台观,中方之上,有石堀起如半瓮之状,名曰瓮肚峰。上尝赏望,嘉其高迥,欲于峰肚大凿"开元"二字,填以白石,令百余里望见之。谏官上言,乃止。

武皇帝梦为虎所趁,命京兆、同、华格虎以进。至大中,即属虎。

开元末,于弘农古函谷关得宝符,白石赤文,正成"桒"字。识者解之云:"桒者,四十八字也,所以示圣上御历数也。"及幸蜀之来岁,四十八矣。得之时,天下歌之,遂改年天宝。

开成中,延英李石奏曰:"臣往年从事西蜀中,元日常诣佛寺,见故剑南节度使韦皋图形。百姓至者,先拜之而后谒佛,皆叹,有泣者。臣贵异之,访于故老,皆曰:'令公恩深于蜀人。'后问曰:'奚为恩深?'答曰:'百姓税重,令公轮年全放。自令公后,不复有此惠泽,百姓困穷,追思益切。'"

元和元年十二月,李吉甫等撰《元和中国计簿》十卷上之。总计天下方镇凡四十八道,管州府二百九十五,镇县一千四百五十三,见定户二百四十四万二百五十五。其凤翔、鄜坊、邠宁、振武、源原、银夏、灵盐、河东、易定、魏镇、冀、范阳、沧州、淮西、淄青等一十五道,合七十一州,并不申户口。

宝历三年,京兆府有姑鞭妇致死者,请断以偿死。刑部尚书柳公绰议曰:"尊殴卑,非斗也。且其子在,以妻而戮其母,非教也。"遂减死。

紫宸旧例,有接状中郎,最近御幄。开成元年五月己酉,其日直者老以伛。文皇问李石曰:"此何人?"答曰:"郎白先朝。"上变色。石奏曰:"姓白重名,上先字,下朝字。"及退,遣阁门使问:"何时授此官?"曰:"今年正月。"石等谢曰:"中郎官,国初犹用贤俊,近日只授此辈。"因以郎官兼为之。李宝符、杜篆,以白晰膺选。

开元令诸有猛兽之处,听作槛阱射窝等,得即送官,每一头赏绢四匹。捕杀豹及狼,每一头赏绢一匹。若在监牧内获者,各加一匹。其牧监内获豹,亦每一头赏得绢一匹,子各半之。信乎长安上林近南山,诸兽备矣。

今之诸度以北方秬黍中者,一黍之广为十分,十分为寸,十寸为尺,一尺二寸为大尺一尺。十尺为丈。诸量以秬黍中者,容一千二百黍为籥,十籥为合,十合为升,十升为斗,三斗为大斗一斗。十斗为斛。诸权衡以秬黍中者,百黍之重为铢,二十四铢为两,三两为大两一两。十六两为斤。诸积秬黍为度量权衡,调钟律,测晷景,合汤药,及冕服制,则用之。此外官私悉用大者。在京诸司及诸州各给秤尺升,立定尺度斗升合等样,皆以铜为之。诸度地五尺为步,三百步为一里。

章八元及第后,居浙西。恃才浮傲,宴游不恭。韩晋公自席械系之,来晨将议刑。时杨於陵乃韩女婿,以同年救之,曰:"为杨郎屈法。"

杨元卿元和中自淮西背逆归顺,阖门被屠。其子延宗曾任磁州刺史,开成中与河阳军人谋逐帅以自立,为其党所告,置于极典。敕曰:"特宽今日覆族之刑,以答当时毁家之效。毙于枯木,非谓无恩。"

王源中字正蒙,在内署嗜酒,当召对,方沉醉不能起。及醉醒,同列告之。源中但怀忧惕，殊无悔恨。他日又以醉不任赴召，遂不得大用。开成三年十一月，薨于郓州节度使。又曾赐酒十金瓯，酒饮皆尽，瓯亦随赐。

李珏在相，因对明皇谓群臣："我自即位，不曾枉诛一人。"不知任李林甫，破人家不少矣。

开成二年十二月癸卯，诏曰："应万言童子等，朝廷设科取士，门目至多，有官者令诣吏曹，未仕者即归礼部。此外更或延引，则为冗长，起今更不得荐闻。"

上元二年九月甲申天成地平节，上于三殿置道场，以内人为佛菩萨像，宝装饰之。北门武士为金刚神王，结彩被坚执锐，严侍于座隅。焚香赞呗，大臣近侍作礼围绕。设斋奏乐，极欢而罢，各赠帛有差。

柳公绰在山南，有属邑启事者犯讳，纠曹请罚。公曰："此乃官吏去就，非公文科罚。"退其纠状。

韩皋为京尹，诏以宏辞拔萃所试，就府考覆，时论以升黜为当。一日下朝，有公主横过驺道，立马杖肩舆人夫背各二十，命捕贼吏引儩夫送公主归宅。主入诉，遂贬杭州刺史。

开成中，文皇一日谓执政曰："丁居晦作中丞如何？"因悉数大臣而品第之。叹曰："宋申锡堪任此官，惜哉！"又曰："牛僧孺可为御史大夫。"郑覃曰："顷为中丞，未尝搏击，恐无风望。"上曰："不然。鸾凤与鹰隼事异。"上又曰："居晦作此官，朕曾以时谚谓杜甫、李白辈为四绝问居晦，晦曰：'此非君上要知之事。'朕常以此记得居晦，今所以擢为中丞。"

肃皇元年，吐蕃遣使入朝请和，敕宰相于中书设宴，将诣光宅寺为盟。使者云："蕃法盟誓，取三牲血歃之，无向佛寺。"明日复于鸿胪寺歃血。

柳公权尝于佛寺看朱审画山水，手题壁诗曰："朱审偏能视夕岚，洞边深墨写秋潭。与君一顾西墙画，从此看山不向南。"此句为众歌咏。后公权为李听夏州掌记，因奏事，穆宗召对曰："我于佛寺见卿笔札，思见卿久矣。"宣出充侍书学士。非时宰所乐，进拟左金吾卫兵曹充职，御笔改右小谏，中外朝臣皆呼为国珍。

韩晋公在朝,奉使入蜀。至骆谷,山椒巨树,耸茂可爱,乌鸟之声皆异。下马以探弓射其颠杪,柯坠于下,响震山谷,有金石之韵。使还,戒县尹募樵夫伐之,取其干,载以归,召良工斫之,亦不知其名,坚致如紫石,复金色线交结其间。匠曰:"为胡琴槽,他木不可并。"遂为二琴,名大者曰大忽雷,小者曰小忽雷。因便殿德皇言乐,遂献大忽雷入禁中,所有小忽雷在亲仁里。

开成三年十月甲午庆成节次,以酒脯并仙韶乐赐中书门下及文武百寮,宴于曲江亭子。

萧潮初至遂州,造二幡施于寺,设斋毕作乐,忽暴雷霹竿成数十片矣。至来岁当震日,潮死。

苟讽者善药性,好读道书,能言名理,樊日光常给其絮帛。有铁镜径五寸,鼻大如掌,言于道者处得。无绝异,但数人同照,各自见其影,不见他人。

大和六年,承优入寺诸司,流外令史、掌故礼生、批书医工及诸军使承优官典,总一千九百七十二员。至赞皇再入减,得六百五十七员。

杜仲阳即杜秋也,始为李锜侍人,锜败填宫,亦进帛书,后为漳王养母。大和三年漳王黜,放归浙西,续诏令观院安置,兼加存恤。故杜牧有《杜秋》诗称于时。

宝历二年六月,京兆府奏法曹参军独孤谓:前件官元推问劫人贼车仲莒,遂寻纵迹,得去年十月于宣平坊北外门杀人并剥人面皮贼熊元果等三人,两人缘盗马捉获,寻准法决杀讫。伏以凶恶不去,辇毂难为;肃清勤劳,不酬官吏,无以激劝,其独孤谓伏请特赐章服。寻依奏。

大和中,水部外郎杜涉尝见江淮市人桃核扇,量米正容一斗,言于九疑山得之。

贞元初荆南有狂僧善歌《河满子》,尝遇醉五百涂中,辱令歌。僧即发声,其词皆陈五百平生过恶,五百惊惧,自悔之不暇。

王涯居相位,有女适窦氏,欲求钱十七万,市一玉钗。涯曰:"于女何惜。此妖物也,必与祸相随。"后数月,女自婚会归,告王曰:"前时玉钗为冯外郎妻首饰矣，乃冯球也。"王叹曰："冯为郎吏，妻之首饰有十七万钱，其可久乎？其善终乎？"冯为贾饩门人，最密。贾为东户，又取为属郎。贾有苍头，颇张威福，冯于贾忠，将发之未能。贾入相，冯一日遇苍头于门，召而勖之曰："户部中谤辞不一，苟不悛，必告相国。"奴拜谢而去。未浃旬，冯晨谒贾，贾未兴。时方冬命火，内有人曰："官当出。"俄有二青衣出曰："相公恐员外寒，奉地黄酒三杯。"冯悦，尽举之。青衣入，冯出告其仆驭曰："喝且咽。"粗能言其事，食顷而终。贾为兴叹出涕，竟不知其由。明年，王、贾皆遭祸。噫！王以珍玩奇货为物之妖，信知言矣。而徒知物之妖，而不知恩权隆赫之妖，甚于物也。冯以卑位贪货，已不能正其家；尽忠所事，而不能保其身，斯亦不足言矣。贾之获害门客于墙庑之间而不知，欲始终富贵，其可得乎？此虽一事，作戒数端。

大中四年，驸马崔祀除大理少卿，在司当职。公式令，诸文武官职事五品已上致仕身在京者，每季令通事舍人一人巡问奏闻。其在外州者，亦令长吏季别巡问，每年附朝集使闻奏，使知安否。

宋守敬为吏清白谨慎，累迁台省，终于绛州刺史。其任龙门丞，年五十八，数年而登列岳。每谓属僚曰："公辈但守清白，何忧不迁？俗之人每以双陆无休势，余以为仕宦亦无休势，各宜勉之。"

沙门玄奘俗姓陈，偃师人，少聪敏，有操行。贞观三年，因疾而挺志往五天竺国，凡经十七岁，至贞观十九年二月十五日方到长安。足所亲践者一百一十一国。采求佛法，咸究根源，凡得经论六百五十七部，佛舍利及佛像等甚多。京师士女迎之，填郊溢郭。时太宗在东都，乃留所得经像于弘福寺，有瑞气徘徊像上，移晷乃灭。遂诣驾，并将异方奇物朝谒。太宗谓之曰："法师行后，造弘福寺，其处虽小，禅院虚静，可为翻译之所。"太宗御制《圣教序》；高宗时为太子，又作《述圣记》，并勒于碑。麟德中，终于坊郡玉华寺。玄奘撰《西域记》十二卷见行于代，著作郎敬播为之序。

元和之初，薛涛好制小诗，惜其幅大，不欲长剩，乃狭小之。蜀中才子既以为便，后减诸笺亦如是，特名曰薛涛笺。

韦绶自吏侍除宣察，辟郑处晦为察判，作《谢新火状》云："节及桐华,恩颁银烛。"绥削之,曰:"此二句非不巧,但非大臣所宜言。"

《晋书·陶潜本传》云:"潜少怀高尚,博学善属文,尝作《五柳先生传》以自况:'先生不知何许人,不详姓字,宅边有五柳树,因以为号焉。'"即非彭泽令时所栽。人多于县令事中使五柳,误也。《白氏六帖》:"县令门种五柳。"此亦误也。

陕东道大行台、尚书令、天策上将军,太皇在藩时为之。及升储,并是省之。诸道行台武德九年并省。

贞观元年改国子学为国子监,分将作为少府监,通将作为三监。

长安盛要,哀家梨最为清珍,谚谓愚者得哀家梨必蒸吃。今咸阳出水蜜梨尤佳,鄠、杜间亦有之,父老或谓是哀家种。

崔元综则天朝为宰相,得罪流南海之南。会恩赦,赤尉引谢之日,授分司御史,累迁中书侍郎,卒时九十九,唯独一身。

北省班谏议在给事中上,中书舍人在给事下。裴佶为谏议,形质短少,诸舍人戏之曰:"如此短小,何得向上?"裴答曰:"若怪,便曳向下著。"众皆大笑。后除舍人。

卢迈有宝瑟,各直数十万,有寒玉、石磬、响泉、和志之号。

福州城中有乌石山,山有峰,大凿三字曰"薛老峰"。癸卯岁,一夕风雨,闻山上如数千人喧噪之声。及旦,则薛老峰倒立,三字返向上。城中石碑,皆自转侧。其年闽亡。

智永禅师传右军父子笔法,居长安西明寺。从七十至八十,十年写真草《千字文》八百本。每了,人争取之。但是律召调阳,即其真本也。石本是内降贞观年中者也。俗本称律吕调阳,误也。盖以草圣"召"字似"吕"字耳,以闰余对律召,是其义也。徐散骑最博古,亦误为"吕"字。

杜佑自户部侍郎判度支,为卢杞所恶,出为苏刺。时佑母在,杞以优阙授之。佑不行,换饶州。

大历十一年,制国子监置书学博士,立《说文》、石经、字林之学。举其文义,岁登上之,亦古之学也。

武德末文皇欲平内难,苑池内得白龟,化为白石。故登极后降制曰:"皇天眷祐,锡以宝龟。"

邢曹进，至德中河朔将也。飞矢中目，而镞留于骨，三出之不得。后遇神僧，以寒食饧渍之，出甚易，月余愈。

西明慈恩多名画，慈恩塔前壁有湿耳师子跌心花，时所重也。

高骈既好神仙，性复多诞，每称与玉皇及群仙书札来往，时对宾客，或彩笺以为报答。

周宝在浙西副使，崔绾，公之妻族弟兄，雁列于幕中；观察判官田佩，亦其外甥，二人最为贪暴。其次陆谔已下，皆挟势而入。及更变之后，甚者亦多不免也。

时人多使沉碑岘首，唐贤往往有之。按《晋书》："杜预好为身后名。尝言：'高岸为谷，深谷为陵。'刻石为二碑，纪其勋绩。一沉方山之下，一立岘山之上。曰：'焉知此后不为陵谷乎？'"沉碑岘首，误也。当为沉碑方山。

鲍照字明远，至唐武后讳减为昭，后来皆曰鲍昭。唯李商隐诗云："嫩割周颙韭，肥烹鲍照葵。"又元稹诗云："乐章轻鲍照，碑版笑颜竣。"今人家有收得隋末唐初《文选》，并鲍照尔。

袁州蒋动处士作《冷淘歌》，词甚恶，投郡守温公受知。

语儿梨，今俗说甚多，皆不近理。按《万岁历》云：黄武六年正月，获彭绮。是岁由拳西乡，有产儿坠地便语。语儿乡，语儿梨者，殆出此乡也。今由拳属杭州。黄武吴年号。六月丁未，是魏明年太和元年也。

临安出纸，纸径短色黄，状如牙版。字误，可以舌舐之不污，近亦绝有。盖取多工鲜而价卑也。

今信州城西街连草市，地名君迁，仍多树木，人皆不辨。余尝通理是郡，召父老询之，皆云不知其地名之由。及披《文选》左太冲《吴都赋》云："平仲君迁，松梓古度，楠榴之木，相思之树。"注曰："皆木名。"以此详之，不辨之木，乃君迁尔。

张去华，谊之子。显德年中年十八，著《南征赋》，于淮南行在献之，召试除台簿。未几因台中议事，不得预三院坐，遂弃官归圃田。后状元及第，建隆二年也。

癸

彭蟾，宜春人也，著《凤池本草》、《庙堂丞镜》一百二十卷，广明乱后遗坠。

高骈在淮南，有赞歌者，末章云："五色真龙上汉时，愿把霓旌引烟策。"公说，乃辟为从事。及公遇害，有识者多嗤其言过也。

贞元末，许孟容为给事中，权文公任春官，时称"权许"。进士可不，二公未尝不相闻。

《襄沔记》云："卢有疏水，注于沔。此水中有物，如三四岁小儿，膝头如虎掌爪。常没水中，出膝头示人，小儿不知，欲弄之，辄便啮人。或有生得者，摘其鼻，可小小使之，名曰'水虎'也。"

濮州刺史曹朔于汴水岸掘得鄂公马鞭，表进之，不朽。

皮日休历太常博士，后从巢寇遇祸。子光业为吴越丞相。子文璨任元帅判官，入京为太仆少卿卒。子子猷，猷字仲卿，祥符八年御前进士。

滑州有僧景阳碣，在开元寺。其僧不知何许人，刺史令狐公以僧有戒行，以红米饭鱼脍施之令僧餐，其脍尽化为乳头香。食讫，遣人随之，吐于河内，化为活鱼，踊跃跳出。后迁化，大中十二年二月刺史李福置。

李绾咸通中作越察，于甲仗库创楼，名曰"武威"。刻石立文，自序楼文铭云："名楼以武威，兼义也。余之望又出武威。"

荆南旧有五花馆，待宾之上地也。故蒋肱上《成汭》诗云："不是上台名姓字，五花宾馆敢从容。"

大中九月十七日敕，《徐泗节度使康季荣奏据濠州刺史刘彦谋状》："定远县百姓周裕，女小儿，年九岁。今年七月六日，为父患割左股上肉一寸三分不落，疮长一寸四分，收得血半斤，父和羹吃。后二十九日，载割股上已落肉与父吃。其周裕至闰七月十二日身死，至二十五日埋葬讫。其女小儿于墓侧不归，县司与立草庵一所。伏以寄分廉察,地列山河,获当盛明,亲逢大孝。伏请宣付史馆,并赐旌表门闾。奉敕周小儿方至髫年,允兹志行,俾之旌表,用激时风。宜依所奏,仍委本道量事优恤。"

杜悰、郑颢、于悰,皆是二月一日生,悉尚主。

斛律金不解书,有人教押名云:"但如立屋,四面平正即得。"安禄山押字,以手指三撮而成。

蜀葵点作火把,猛雨中不灭。蜡烛过头把,猛风中不灭。

建中元年,贬御史中丞元全柔,二年,贬中丞杨顼,皆四月晦日。宪皇擒刘辟、李锜、吴元济,行刑皆十一月朔日。

韦路作相,贬不附己者十司户:崔沆循州,李渎绣州,萧遘播州,高湘高州,崔彦融恩州,韦颜虔州,张渎勤州,杜裔休端州,郑彦持义州,李藻费州。唯恩州不回。

韦执谊败,八司马:韦执谊崖州,韩泰虔州,陈谏台州,柳宗元柳州,刘禹锡播州,韩晔饶州,凌准连州,程异郴州。

郑珣瑜为河南尹,送迎中使皆有常处。人吏窥之,马足差跌不出三五步。

韦保衡、路岩作相,势动天地。附其势者,有"牛头"、"阿旁"、"夜叉"、"捷疾"之号。二相败,以累遣者数十人。

长安大内有口味库。乾符六年回禄为灾,自后不置也。

唐末浙西鹤林寺三桧院、五花亭,胜概也。

大和中入阁,阁内都官班中有抬眼窃窥上者,觉之。班退,语宰相曰:"适省郎班内第几人,忽抬眼抹朕,何也?"时裴晋公对曰:"省郎庶僚极卑微,不合抬眼抹陛下。"上曰:"如何?"晋公曰:"即与打下着。"上曰:"此小事,不用打下。"

江西客司韩注多不礼客,有为进士唐珪谒苏使君,阍人不通刺,因上诗曰:"江西昔日推韩注,袁水今朝数赵祥。纵使文翁能待客,终栽桃李不成行。"

裴相休留心释氏,精于禅律。《禅律师圭峰密》、《禅得达磨顿门》、《密师注法界观》、《禅诠》,皆相国撰序。常披毳衲,持钵乞食于妓院。自言曰:"不为俗情所染,可以说法为人。"每发愿曰:"乞世世为王，来护佛法。"后于阗国王生一子，手文间有"裴"字。闻于中朝。

开元宫掖竞食黄鱼，故于河阳作池养之，故谓之黄鱼池。

卢氏说："有官人衣绯，于中书门祗候见宰相求官。人问前任，答曰：'某属教坊，作西方师子脚来三十年。'"

贞元十三年，深州奏博野县女子姓李氏，号妙法，年六十六，庐墓经三十七年。初李少年遇安禄山逆乱，被虏劫他乡。闻父亡，欲奔丧。又以有一子，不忍分离，遂割一乳，留别孩子而奔丧。既而号恸擗踊，遂烧一指，以启告先灵。又以不见灵柩，志欲庐墓。兄弟不许，遂以刀刺心见其志。竟开埏道，见棺椁尘土，以舌舐之，又以发拭棺上尘埃。自是庐舍墓侧，往往有异鸟翔集。其坟上先无树木，李氏手自栽植杂树一千根，并高数尺。初庐墓数年，又遇母疾，渐至危亟。李氏每见母饮即饮，母食即食，或呕涎唾，并皆尝之。无几亡，李氏自刺血母臂上以为记，其至性如此。其年，又庐州巢县百姓张进昭，母先患，刺左手落，经一十三年乃亡。殡后，进昭自截左腕，庐于墓侧。

十宅诸王多解音声，倡优百戏皆有之，以备上幸其院迎驾作乐，禁中呼为"乐音郎君"。

归少师崇制宅子弟极多，大都不喜肥者。或有之，则庭立之，送归蓝田，供笋蕨，体减方还。多时则你监泣告，俾归浣濯。

宣皇于内中置杖，内官有过，多杖之延英。宰臣谏之，上曰："此朕家臣，杖之何妨？如卿等奴仆有过，不可不决。"

大中酷好科名，常于内中题乡贡进士李道龙。

内官近多知书，自文、宣二帝。

李朱崖武皇朝为相，势倾朝野。及得罪遣斥，人为作诗云："蒿棘深春卫国门，九年于此盗乾坤。两行密疏倾天下，一夜阴谋达至尊。肉视具僚忘匕箸，气吞同列削寒温。当时谁是承恩者，肯有余波达鬼村。"又一首云："气势凌云威触天，权倾诸夏力排山。三年骥尾有人附，一日龙髯无路攀。画阁不开梁燕去，朱门罢扫乳鸦还。千岩万壑应惆怅，流水斜阳出武关。"此温飞卿诗也。

归登书《经山碑》，是崔元翰文，唯称此"龟"字。

高祖朝严甘罗，武功人，行劫为吏所拘。上谓曰："汝何为作贼？"

甘罗对曰："饥寒交切,所以为盗。"上曰："吾为汝君,使汝穷乏,吾之罪也。"赦之。

郑仁表,洎之次子,仁规之弟。恃才傲物,士人薄之。自谓门地人物文章具美,尝曰："天瑞有五色云,人瑞有郑仁表。"

僖皇即位,萧倣、崔彦昭秉政,素恶刘邺,乃罢邺知政事,出为淮南节度使。是日邺押班宣麻,通事引邺内殿谢,不及笏记。邺自撰十余句,语曰："霖雨无功,深愧代天之用;烟霄失路,未知归骨之期。"帝为之恻然。邺,三复之子,赞皇门人也。

岐王薨,册让皇帝,凡圹内置千味食。监护使裴耀卿奏曰："尚食所料水陆等味一千余种,每色瓶盛,安于藏内,皆是非时瓜果,及马牛驴犊獐鹿肉,并诸药酒三十余色,仪注礼仪并无所凭。"遂减省之。

张循宪为侍御史,长安中为河东采访使。荐蒲州人张嘉贞材堪宪官,请以己官秩授之。则天召见,垂帘与之语。嘉贞奏曰："以臣草莱,得入谒九重,是千载一遇也。咫尺之间,如隔云雾,竟不睹日月;恐君臣之道,有所未尽。"则天遽令卷帘,与语大悦,擢拜监察御史。

郭太后贵极终八朝;代之外孙,德之外生,顺之亲妇,宪之皇后,穆之母,敬、文、武三帝祖母。

建中中,戴竿三原妇人王大娘,首戴二十八人而走。

大历年中,河南尹相里造剥洛阳尉苗登,有尾长二尺余。

贾耽为滑州节度使,酸枣县有一下俚妇,事姑不敬。姑年甚老无目,晨飧,妇以饼裹犬粪授姑,姑食觉异,留之。其子出还,姑问其子:"此何?向者妇与吾食。"其子仰天大哭。有顷雷震发,若有人截妇人首,以犬首续之。耽令牵行于境内,以戒不孝者。时人谓之"犬头妇"。

李祐为淮西将,元和十二年送款归家。裴令公破元济入城,汉军有剥妇人衣至保体者。祐妇姜氏怀妊五月,为乱卒所劫,以刀划其腹,姜氏气绝踣地。祐归见之,腹开尺余,因脱衣襦裹归。一夕复苏,傅以神药,满十月生一男。朝廷以祐归国功授一子官,字曰行循。年三十余,为南海节度,罢归,卒于道。

河东裴章者,其父胄尝镇荆州。门僧昙照道行甚高,能知休咎。

章幼时为照所重,言其官班位望,过于其父。章弱冠,父为娶妻李氏女。及四十余,章从职太原,弃妻于洛中,过门不入,别有所牵。李氏自感其薄,常褐衣髺髽,读佛书蔬食。又十年,严绶尚书自荆州移镇太原,昙照随之。章因见照叙旧,久之谓曰:“贫道五十年前,言郎君必贵,今则皆不,何也?”章自以薄妻之事启之,照曰:“夫人生魂诉于上帝,以非命处君。”后旬日,为其下以刃划腹于浴器中,五脏堕,伤风遂死。

王丝为相,为妾造宝应寺,宏丽无比,为识者所嗤。

郑覃历官三十余任,未尝出都门,便登相位,以至于终。

贞元初,丹阳令王琼三年调集,遭黜落。琼甚惋愤,乃赍百金,诣茅山道士叶虚中,求奏章以问吉凶。虚中年九十余,强为奏之。其章随香烟上天,缥缈不见,食顷复堕地,有朱书批其末云:“受金百两,折禄三年;枉杀二人,死后处分。”后一岁,无疾而卒。

太宗文皇帝,虬须上可挂一弓。

唐李佐,山东名族,年少时因安史乱失其父,后擢第有令名,为京兆少尹。阴求其父,有识告佐往迎于殡葬徒中。归而跪食,如是累月。一旦召佐曰:“汝孝行绝世。然吾三十年在此党中,昨从汝归,未与流辈诀绝。汝可具大猪五头、白醪数斛、蒜齑数瓮、薄饼十盘,开设中堂,吾与群党一醉申诀,无恨矣。”佐承教,数日乃具。父出召客,俄而市善薤歌者百人至,初则列堂中,久乃杂讴,及暮皆醉。众扶佐父登榻,而“薤露”一声,凡百皆和。俄相扶垒出,不知所往。行路观者亿万。明日,佐弃家入山,数日而卒。

唐韩幹善画马,闲居之际,忽有一人朱衣玄冠而至。幹问曰:“何得及此?”对曰:“我鬼使也,闻君善图良马,愿赐一匹。”立画焚之。数日出,有人揖而谢:“蒙惠骏足,免为山川跋涉之苦,亦有以酬效。”明日,有人送素缣百匹,不知其来,幹取用之。

河间王孝恭,才知识略特出于众。初受诏征辅公祐,座上有水一器倏然变成血,满坐惊畏,左右不测。孝恭曰:“自无负神明,此变应是公祐受首之兆。”座客始安。至淮南,乃枭公祐以献。时人服其先见。

明皇御勤政楼,下设百戏,坐安禄山于东间观看。肃宗谏曰:"历观今古,无臣下与君上同坐阅戏者。"玄宗曰:"渠有奇相,我有以禳之故耳。"又尝与之夜宴,禄山醉卧,化为一猪而龙头,左右遽告。帝曰:"渠猪龙,不能为也。"终不杀之,卒乱中原。

元德秀贫时,其兄早亡,有遗孤期月,其嫂又丧,无乳哺之。德秀昼夜哀号,抱其子即以己乳含之,涉旬而有汁,遂长大。德秀官鲁山令,有清政,化惠于一邑,阖境歌之。

卢群居郑之圃田,读书业成,东游淮海,求索得千缣,西之长安。闻桑道茂善相术,车马阗门,群倾囊奉之。桑生曰:"吾常以善恶鉴于时,士所惠者涓埃而已。今贶余盖以多,其旨何哉?"群答曰:"少为业已就,西来求官,以天下之人信先生之口,将求一言,得乎?"桑生曰:"有何不可?"群曰:"乞自三事以下造问公者,唯言近有一卢群自东来,十年持世间重柄,贵不可及,即是愿分。"于是桑生昌言于时贤。不旬辰之内,凡京国重位名士皆造群门,同力申荐。代宗闻其名召见,一拜拾遗,累官至郑滑节度使。

太宗谓虞世南一人而有五绝:一曰博闻,二曰德行,三曰书翰,四曰辞藻,五曰忠直。图形凌烟阁,年八十一终。

清泰朝李专美除北院,甚有舟楫之叹。时韩昭裔已登庸,因赐之诗曰:"昭裔登庸汝未登,凤池鸡树冷如冰。如何且作宣徽使,免被人呼粥饭僧。"

长兴四年,李遇奏尹拙自著作佐郎除左拾遗直史馆。谏官直馆,自拙始也。迩后畿赤尉稍不登矣。

王居敏为秦王六军判官,素不协意。及从策拥兵之际,与高辇并辔,指日影曰:"明日如今,已诛王詹事矣。"

史洪肇尝与大臣饮于窦贞固之第,以凤愤激苏逢吉,举爵曰:"安朝廷、定祸乱,直须长枪大剑。至如毛锥子,安足用焉?"三司使王章曰:"虽有长枪大剑,若无毛锥子,赡军财赋,自何而集?"肇默然而散。自此苏、史有隙。

阳邠起于小吏,及为相,尝言曰:"为国家者,但得帑藏丰盈,甲兵强盛;至于文章礼乐,并是虚事,何足介意?"自此后始不在清议。

王师范非名族，世承姑息。及其死也而无辞，辄有长幼之序。三川之士多焉。

汉隐帝赐诸伶锦袍玉带，史肇夺之还官曰："健儿戍边，寒暑未有优恤，尔辈不当也！"其凶戾也如此，然至理得中。

武皇嘉明皇之功，以其属五百骑号曰"横冲"，都侍于帐下。故两河间目为"李横冲"。

于邺除工部郎中，时尚书卢文纪讳业甚不平，陶铸欲请换曹；其夕邺雉经。卢尚书贬石州司马。于、卢之器固小也，然过在执政。

赵光逢为司徒致仕，光裔入相有日。省问其兄，语及政事。他日光逢署其户曰："请不言中书事。"其端静也如此。

葛从周有殊功，镇青社，人语曰："山东一条葛，无事莫撩拨。"

杨尚书昭俭退居华下，自题家园以见志曰："池莲憔悴无颜色，园竹低垂减翠阴。园竹池莲莫惆怅，相看恰似主人心。"

近有钟离令王仁岫善工算，因集八卦五曹算法云：用十二文牌子布位，先须正坐其身，以坐位便居北方也。每牌子拘一位，每位从一至十起，坎为初巡指八方，以方为首。八卦既毕，却取其阴，横九竖十，积为前位，常以九九正文，颠倒呼命，瞻前顾后，逐位取了。须是明其九九正文，进退精熟，方可入于诸法，次第加减。一位因望折倍减，五门不杂于五曹，五曹秤尺地仓金，五数悉通于一位。或遇前后隔位，即以辰次而空之。或遇除减并繁，别以闰牌而贴之。总而存亡除留，自然明其向背。既转移而得理，则丝忽而无差。但用诸法径门，取其简要，若类鼓珠之法，且凝滞于乘除。此法乃至开方、立方，求一立一，皆可通其体例耳。

法眼姓鲁，雪峰姓曾。或问雪峰师何姓也，答曰："鲁人不系腰。"却问法眼师何姓也，答曰："雪峰系腰带。"

卢文进，幽州人也，至江南，李氏封范阳王。尝云："陷契丹中，屡入绝塞，正昼方猎，忽天色晦黑，众星灿然。问蕃人，云：'所谓笪却日也。以此为常。'顷之乃明，方午也。"又云："尝于无定河见人胫骨一条，大如柱，长可七尺。"

后唐太祖尝随火征庞勋，临阵出没如神，号为"火龙子"。

王审知起事，其兄潮倡首。及审知据闽中，为潮立庙。庙水西，故俗谓之"水西大王"。

梁祖初革唐命，宴于内殿，悉会戚属。又命叶子戏，广王忽不掷，目梁祖曰："朱三，你爱他许大官职，久远家族得安稳否？"于是掷戏具于阶，抵其盆而碎之。

刘坦状元及第，为维扬李重进书记。好酒，李常令酒库："但书记有客，无多少供之。"寻为掌库吏颇吝之，须索甚艰，因大书一绝于厅之屏上云："金殿试回新折桂，将军留辟向江城。思量一醉犹难得，辜负扬州管记名。"未几重进望日复谒于坦，读之忽悟，曰："小吏吝酒于书记也。"立命斩之。坦不怿，凡数月，悔而成疾。

正衙宣枢密使制自周祖始，汉隐帝嗣位之初故也。

有米都知者，伶人也。善骚雅，有道之士。故西枢王公朴尝爱其警策云："小旗村店酒，微雨野塘花。"梁补阙亦赠其诗云："供奉三朝四十年，圣时流落发衰残。贪将乐府歌明代，不把清吟换好官。"近有商训者善吹笙，亦籍教坊，为都知。能别五音，知吉凶。复得画之三昧，山水不下关、李。

王延彬独据建州称伪号，一旦大设，为伶官作戏辞云："只闻有泗州和尚，不见有五县天子。"

马全节为邺都留守，以元城是桑梓之邑，具白襕诣县庭谒拜。县令沈遘避之，节曰："父母之乡，自合致恭，勿让也。"州里荣之。

孙光宪从事江陵日，寄住蕃客穆思密，尝遗水仙花数本，植之水器中，经年不萎。

后唐庄宗年十一，从晋王讨王行瑜。初令入觐献捷，昭宗一见骇异之，曰："此子有奇表。"乃抚背曰："儿将来国之梁栋，勿忘忠孝于吾家。"乃赐鸂鶒酒卮、翡翠盘。十三读《春秋》，略知大义。骑射绝伦，其心豁如，采录善言，听纳容物，殆刘聪之比也。又昭宗曰："此子可亚其父。"时人号曰"李亚子"。

杨恽内侍字道济，僖皇末权枢密，出为浙西监军。朱梁篡后，窜身投武肃，居越中。长八尺，有黄白法，善壬课，事馔至精，四季皆榜厨。手写九经、三史、百家，用蒲薄纸，字如蝇头。年九十余卒。

四明人胡抱章作《拟白氏讽谏》五十首，亦行于东南，然其辞甚平。后孟蜀末杨士达亦撰五十篇，颇讽时事。士达子举正，端拱二年进士，终职方员外郎。

长兴元年二月，郊祀赦。内外群臣职带平章事，兼侍中，中书令，与改里乡名号。

伪蜀韩昭仕王氏为礼部尚书，丽文殿大学士。粗有文章，至于琴、棋、书、算、射法，悉皆涉猎，以此承恩于后主。朝士李台瑕曰："韩八座事艺，如拆袜线，无一条长。"时人赀之。

朱耶赤心者，或云："其先塞上人，多以骑猎为业。胡人三十辈，于大山中见飞鸟甚众，鹊鸰于一谷中。众胡就之，见一小儿，约才二岁已来，众鸟衔果实而饲之。众胡异之，遂收而众递养之。成长求姓，众云：'诸人共育得大，遂以诸耶为姓。'"言朱耶者，讹也。

天成中，帝谓侍臣曰："自古铁券，其事如何？"赵凤对曰："此则帝王誓文，赐其子子孙孙，长享爵禄。"帝曰："先朝所赐，惟三人耳。崇韬、继麟寻皆族灭，朕之危疑，事虑朝夕。"嗟叹久之。赵凤曰："帝王所执，故知不必铭金镂石。"帝曰："敢不深诚！"

忠懿王在钱塘，显德中有民沈超者负罪逃匿。禁其母，凡百日不出；及追妻鞠之，当日来。首判之曰："母禁十旬，屡追不到；妻絷半日，不召自来。倚门之义稍轻，结发之情太重，领于市心，军令处分。"又大貔曹公镇青海，有盗魁累犯当死，皆会赦。至公在任又犯，有司以赦文举之。公判曰："三遇赦文，天子之恩合免；屡为民患，将军之令必行。"乃从极典。

陶毂小名铁牛，李涛尝有书与之曰："每至河源，即思令德。"唐彦谦之孙也，以石晋讳改姓焉。

茅亭客话

［宋］黄休复　撰

李梦生　校点

校 点 说 明

《茅亭客话》十卷,宋黄休复撰。黄休复生平不详,另著有《益州名画录》,据书前李畋序,知其字归本,居蜀中,通《春秋》学,鬻丹养亲。所居一茅亭,多蓄古人手迹。陈振孙《直斋书录解题》著录《茅亭客话》,谓休复字端本,另有《成都名画记》(当即《益州名画录》)。据其著述及所及内容,知休复为四川人,生活于五代、宋初。

《茅亭客话》所记皆亲历亲闻,均为蜀中事,起自蜀王建、孟知祥二氏,终至宋真宗朝事。据书末宋元祐癸酉(八年,1093)清真子后序,言此书已藏书笥中五十余年,知书成于1040年以前。作者通经学,又潜研烧丹之事,精于书画鉴赏,故所记道家异事及书画,多真知灼见,足资考证;言及儒家经典,亦不乏洞中窾要之处。其记蜀中变乱,王小波、李顺起义事,以亲历亲闻,足补史家之阙。一些记四川文人轶事,如唐求诗瓢事,成为后人掌故。作者虽当唐传奇盛行之时,但记奇志怪事,一依六朝志怪,文笔简捷,颇多奇趣,如记人化虎事,直追六朝,卷八言人大醉,虎嗅之,虎须入醉人鼻中,醉人喷嚏,虎惊跃落崖而毙事,均为后人采入说部。卷九载龙骨事,实为恐龙化石,正可与近年考古发掘相互发明。

本书版本较多,清咸丰中,胡珽得南宋"太庙前尹家书籍铺刊行"本,收入所刻《琳琅秘室丛书》中,并取《津逮秘书》本、《学津讨原》本校勘,附有校勘记,为今传世最善之本。这次校点,即以《琳琅秘室丛书》本为底本,复校以胡氏未见之《四库全书》本,凡错讹均参酌胡校及《四库》本予以改正,不出校记。

目　　录

卷第一

蜀　先　兆

圣朝乾德二年，岁在甲子，兴师伐蜀。明年春，蜀主出降。二月，除兵部侍郎参知政事吕公<small>馀庆</small>知军府事，以伪皇太子策勋府为理所。先是，蜀主每岁除日，诸宫门各给桃符一对，俾题"元亨利正"四字。时伪太子善书札，选本宫策勋府桃符，亲自题曰"天垂馀庆，地接长春"八字，以为词翰之美也。至是吕公名馀庆，太祖皇帝诞圣节号长春，天垂地接，先兆皎然，国之替兴，固前定矣。

太　平　木

伪蜀广政末，成都人唐季明父，失其名，因破一木，中有紫纹隶书"太平"两字。时欲进蜀主，以为嘉瑞。有识者解云："不应此时，须至破了方见太平尔。"果自圣朝吊伐之后，频颁旷荡之恩，宽宥伤残之俗，后仍改太平兴国之号。即知识者之言，谅有证矣。

甘　露

圣宋戊申岁，帝奉元符，礼行泰岳。是时雨露之恩，遍加率土，应天下悉赐大酺。其年冬十月，知州枢密直学士任公<small>中正</small>于衙南楼前盛张妓乐杂戏，以宴耆老，遵诏旨也。大酺之盛，蜀民虽眉厖齿齯，未曾见之，可谓荣观尔，欢呼之声，倾动方隅，皆称往岁两陷盗贼，堕于涂炭，岂知今日遇文明主，作太平民，得观兹盛世矣。是岁冬十二月，甘露降于大圣慈寺、甘露寺、净众寺、金绳院、龙兴观、青羊宫及衙廨内道院，凡八处，竹柏之上，自承天节日至二十日，逐夜联绵不止，叶无大小，悉皆周遍，士庶扶老携幼，奔驰于路，以盘盂承接尝饮之，甘如饴蜜。又里儒证《瑞应图》曰：夫甘露之降，王者尊贤尚齿，则竹柏受之。圣人作，为道之休明，德动乾坤而感者，谓之瑞。其是之谓乎？

天 尊 木

大中祥符六年，绵州彰明县崇仙观柏柱上有木纹，如画天尊状，毛发眉目，衣服履舄，纤缕悉备。知州比部外郎刘公宗言遂绘事奏闻，奉圣旨令津置赴阙，送玉清昭应宫，其观主赐紫及茶绢等物。今川民皆图画供养之。

虎 盗 屏 迹

圣朝未克蜀前，剑、利之间，虎暴尤甚，白卫岭石筒溪虎名披鬃子，地号税人场，绵、汉间白杨林虎名裂蹄子，商旅聚徒而行，屡有遭搏噬者。嘉州牛颈山有子母虎，陵州铁炉山有青豹子，彭蜀近山镇县，暴兽成群，农家不敢放牧及出门采樵，行旅共苦之。又有群盗，诸州县结聚，各有百人至二百人，官军掩捕则与格斗，胜则御敌官军，败则奔入林薮，虽有捕盗之吏，莫能擒获。仅四十余年，民无安业。圣朝克复后，岁贡纲运，使命商旅，昼夜相继，庐舍骈接，犬豕纵横，虎豹群盗，悉皆屏迹。得非系国朝之盛衰，时政之能否乎？

蜀 无 大 水

开宝五年壬申岁秋八月初，成都大雨，岷江暴涨，永康军大堰将坏，水入府江。知军蒋舍人文宝与百姓忧惶，但见惊波怒涛，声如雷吼，高十丈已来，中流有一巨材，随骇浪而下，近而观之，乃一大蛇尔，举头横身，截于堰上。至其夜，闻堰上呼噪之声，列炬纵横，虽大风暴雨，火影不灭。平旦，广济王李公祠内，旗帜皆濡湿，堰上唯见一面沙堤，堰水入新津江口。时嘉眉州漂溺至甚，而府江不溢。初李冰自秦时代张若为蜀守,实有道之士也。蜀困水难,至于臼灶生蛙,人罹垫溺且久矣。公以道法役使鬼神,擒捕水怪,因是壅止泛浪,凿山离堆,辟沫水于南北为二江,灌溉彭、汉、蜀之三郡沃田亿万顷。仍作三石人以誓江水,曰:"俾后万祀,水之盈缩,竭不至足,盛不没肩。"又作石犀五,所以厌水物。于是蜀为陆海,无水潦之虞,万井富实,功德不泯,至今赖之,咸云:"理水之功,可与禹偕也,不有是绩,民其鱼乎?"每临江浒,皆立祠宇焉。

车　辙　迹

绵州罗江县罗璜山,有罗璜洞,昔罗真人名璜修道上升之所也。其洞凡有水旱疾疠,祷之,灵无不应。太平兴国五年庚辰岁中秋,彩雾轻烟,月光如昼,香风瑞气,弥漫山谷,四远村民,登层峦而望之,唯闻音乐环珮之声。迟明,但见车辙之迹,去洞十里余,阔一丈以来,碾土深三四寸。其辙迹随山势高下,直至洞门,迤逦狭小,即不知神仙乘车出洞耶。音乐之声,昼夜不绝,遂闻诸州县。时殿前承旨兵马监押知县事陈罩、县尉邹崇让寻诣仙洞,观兹辙迹乐声,以事奏闻。诏大白九井山虎耳先生李洞宾赍香于洞前设醮礼,察视之由,以祈灵贶。虎耳先生,大名府有道之士,时呼为李八百,云已八百岁,如五十许,童颜鬓发,行速言徐,每驻足,士民聚观者如堵。先生即于怀袖中探取铜钱二三文撒之,则稍得人退,因是每十步二十步取钱一撒,至暮,怀袖之中,钱无阙焉。翌日,与诸官入洞,行十里已来,唯闻异香袭人,乐声隐隐,人吏各持香烛,屏息扪藤,足履嵌岩,魂竦汗沥,先生步无差跌,神气自若,出洞之时,衣履之上无泥滓沾污之迹。

程　君　友

遂州小溪县石城镇仙女垭村民程翁名君友,家数口,垦耕力作,常于乡里佣力,织草履自给。人质鄙朴,而性慈仁,行见禽兽,常下道回避,不欲惊之,寡讷少与人交言。年六十许,凡见山人道士,聚得佣负之直,以接奉之。凡有行李者,即与之负担,无远近,或遗其钱,即不顾而回,如此率以为常。开宝九年春,往云顶山寺,遇一道士,古貌神俊,布衣粗帻,引一黑狗,见君友云:"愿与我携挂杖药囊到青城山,当倍酬尔直。"君友忻然随之。入一小径,初则田畴荒埂,渐见花木,与常所历者路稍异。行三四里,又见怪石夹道,皆生细竹桃花,飞泉鸣籁,响亮山谷。望中有观宇,依山临水,松桂清寂,薄雾轻烟,披拂左右。黑狗前奔,道士升厅,君友致药囊挂杖于阶上。道士曰:"尔有仙表,得至于此。"开囊取瓢,倾丹一粒,令吞之,曰:"若有饥渴,则可嚼柏叶柏实些些。"君友恳祈愿住仙斋,以效厮役。道士曰:"尔且归家,别止一室,精思妙道,吾至九月八日当来迎尔。"君友拜谢未终,黑狗起吠,因出门避之,向来所遇如失,寂无影响,若梦寐中。逡巡见一负薪者,问之,云是青城山洞天观路。君友归家,无饥渴之念,遂别止一室,不顾家事,尝焚柏子柏叶,静坐无所营为,不饮不食,时嚼柏实三五颗而已。门外有一柏树,下有一大盘石,常织草屦及偃息于上。至九月七日夜,山谷月皎风清,君友于居前后,如有所待。达旦,云霞相映,有如五色,君友仰观蹑空,祥风忽生,彩雾郁起,妻孥悲号,遂越巨壑层峦,涕泗追望,极目而没,乡里皆见闻。时知州右补阙李公准、通判张公蔚以为妖讹,因系君友妻男于狱,遣吏民于远近寻其踪由。时村耆乡里不堪其扰,众焚香告曰:"君若得道,却乞下降,勿使乡人滥获其罪。"忽一日,君友在州衙门,请见通判。张公怒而詈之曰:"若仙当往矣,岂得复还?显是妖也。"将加责辱,令拘之。君友但俛首默坐,唯不饮食。吏人有私问之曰:"何以得免?"对曰:"新主将立,何患乎不免?"言辞安详,人皆不谕。至十二月初,值太宗皇帝登极遇赦,至是方悟新主之验也。君友归家,入诸旧室,有真仙时降,辉光烛空,升床连榻,笑语通宵,妻男听之,皆不可晓。至太平兴国元年三月三日,于柏树下石上,复腾空冉冉而去。妻男望之,已在霄汉,唯闻音乐及香风,终日不止。本州以事奏闻,恩赐其妻男粟帛。时鞫狱吏张汉璙睹其事迹,因是弃妻子游历名山,至今尚在。

雍　道　者

雍道者名法志，东川飞乌县元和乡人也。人虽鄙朴，而性慕清虚，常供养一石老君，及诵《天蓬咒》、《枕中经》。因梦一道士云："雍法志，吾于汝处求钱三千贯文。"法志辞贫，道士取石像前棕帚云："但有患者，将此帚扫之即愈。"言讫而觉。因是乡里有患者，将帚扫之，应手立愈。里人相传，求医者填委。时郡城西南青羊宫，即老君降生之所，咸平中，兵火荡焚，唯降生、元阳二台存焉，遗址荒圮，鞠为茂草。己酉岁，知州密直学士任公请重兴旧址，其殿东每夜闻钟声，不知所，因凿池，获一铜钟，扣之，响三十余里，士庶游观，经春及夏。法志于宫门见一小儿伛偻而行，以棕帚扫之，正腰而去，聚观者架肩接踵，礼法志为神仙。时起宫工匠辈有腰脚手臂痛者，扫之皆愈。因是四远传云：雍道者扫盲者能视，跛者能履。患者云集，有赍金守门，经旬未获扫者。所得钱帛，并送修造所。逾百日，因悦一妇人，潜出不归，患人稍稍不集。至是年冬再来，扫病无应，自惭而遁。因诘其修造掌籍者，钱仅三千余贯，正符梦中之数尔。

卷第二

王　客

　　王客者,失其名及乡里。常携筇挈篮,引一斑犬,往来邛、郲间,以采药为事。多止于荒庙废寺中,虽雪霜风雨,亦无所避。优游市肆,人或问修养之道,即默而不对,好事者多饮之以酒。积数年,形貌服饰,未尝更易。天禧戊午岁春,自言游青城山回,时临邛宰师仲冉颇好道艺,思见其人,即令召之与语,且曰:"饮酒否?"对曰:"某有少药,君能服之,某亦饮酒。"师侯受药,各饮数杯,款话移时,云:"吾侪野人,心近云鹤,久居城市,颇思归乡,诚有奉托。"辞出,往故驿路去。师侯饵药,渐觉轻安,专令人访之。至四月二十七日,独携杖负笈往,临溪路一里间有寺曰国宁,遂于寺门下坐。行人问之曰:"日将暮矣,于此久坐何为?"答曰:"我有师在此。"至暝,忽暴卒于门下。乡耆闻官,权瘗于道左。至六月,师侯闻之,曰:"曩所言久别家山,颇思归乡,斯之谓乎?"遣吏赵秀往彼焚之,发其尸,颜貌如生,手足皆软,若熟寐焉。顷之,身下清泉涌出,浮尸而起,遂就沐浴之。乡村聚观,或以衣服敛之,兼及设酒馔而祭者。师侯曰:"吾闻仙人不死,脱有死者,乃尸解也。此人真解化乎?身虽委蜕,神未遐逝。"自辍俸以瘗之,且旌异人也。前所言有师在此,其是之谓乎?休复常读《登真隐诀》,谓仙道有升天蹑云者,游行五岳者,服饵不死者,尸解而仙者。忽有暂游太阴,自有太一守尸,三魂营骨,七魄卫肉,胎灵录气,虽以铁石牢固藏闭,终至炼形数满,当自擘石飞空而仙者。夫得道之士,入火不烁,入水不濡,蹑空如实履,触实如蹈虚,虽九地之厚,巨海之广,八极之远,万方之大,应倏欻而至,何所拘滞耶?所以然者,形与道合,道无不在,毫芒之细,万物之众,道皆有之。今备录者,与王客张本也。

崔　尊　师

　　崔尊师名无斁。王氏据蜀，由江吴而来，托以聋聩，诚有道之士也。每观人书字而知其休咎，能察隐伏逃亡，山藏地秘，生期死限，千里之外，骨肉安否，未尝遗策。时朝贤士庶，奉之如神明。龙兴观道士唐洞卿令童子以器盛萝卜送杜天师光庭，值崔在院门坐，遂乞射覆。崔令童子于地上划一个字，童子划一"此"字，崔曰："萝卜尔。"童子送回，拾一片损梳置于器中，再乞射覆。崔曰："划字于地。"童子指前来"此"字，崔曰："梳尔。"洞卿怪童子来迟，童子具以崔射覆为对。洞卿久知崔有道，令童子握空拳再指"此"字，崔曰："空拳尔。"洞卿亲诣崔云："一字而射覆者三皆不同，非有道讵能及此。"崔曰："皆是童子先言，非老夫能知尔。'此'字象萝卜，亦象梳，亦象空拳，何有道耶？"崔相字托意指事皆如此类。王先主自天复甲子岁封蜀王，霸盛之后，展拓子城西南，收玉局化，起五凤楼，开五门，雉堞巍峨，饰以金碧，穷极瑰丽，辉焕通衢，署曰"得贤楼"，为当代之盛。玉局化尊像并迁就龙兴观，以其基址立殿宇，广库藏。时杜天师诣崔曰："今主上迁移仙化，其有证应乎？"崔叹息良久，言曰："皇嗣作难尔。"甲戌岁，果伪皇太子元膺叛，寻伏诛。后杜天师谓崔曰："有道之士，先识未然。"崔曰："动局子乱，必然之事，何有道先识者哉！"杜天师曰："此化毕竟若何？"崔曰："局必须复，非王氏不可也。"先主殂，少主嗣位，明年，再起仙化，以为王氏复局之验也。圣宋大中祥符甲寅岁，知州谏大夫凌公策奏乞移王先主祠，取其材植，以修此化。土木备极，楼殿壮丽，工木未毕，或于玉局洞中出五色云，观者千余人，移时而散。寻画图呈进，降诏奖谕，即崔所言王氏复局之事，证应何其远哉！休复尝读《仙传拾遗》云：二十四化各有一大洞，或深广千里、五百里，其中有日月飞精，谓之伏晨之根，下照洞中，与人间无异。有仙王仙官，卿相辅佐，如世之职司。凡得道之人，积功迁神返生者，皆居其中，以为民庶。每年三元八节，诸天上真下降洞中，以观其理善恶，人世生死兴废，水旱风雨，皆预关于洞府，及龙神祠庙血食之司，皆洞府之统摄也。二十四化之外，有青城、峨眉、益登、慈母、繁阳、嶓冢等洞，又不在十大洞天并三十六洞天之数。洞府之仙曹，亦如人间之州郡尔。夫天之所有，谁能废之？违天必有大咎，子乱之祸，能无及此乎？

范　处　士

范处士名德昭，蜀人也，不知所修之道，著《通宗论》、《契真刊谬论》、《金液还丹论》。伪蜀主频召入内，问道称旨，颇优礼之。处士谈论，多及物情，以鉴戒为先。蜀人每中元节，多生五谷，俗谓之盆草，盛以供佛。初生时，介意禁触，谓尝有雷护之。既中元节后，即弃之粪壤。处士太息曰："岂知圣人则天之明，生其六气，因地之性，用其五行，斫木为耜，揉木为耒，耒耨之利，以教天下，播种五谷，以育于人。而不知天地生育之恩，轻弃五谷如是，宜乎神明不祐，而云获祸。悲夫！"

李　处　士

李处士名谌，学识精博，尝讲五经，善诱诲，人问无所隐，四十余年，以束修自给。每讲《春秋》，尝云：孔圣见周德下衰，诸侯强盛，虽有典礼而不能举，虽有赏罚而莫得行，孔子因是笔削鲁史，上遵周公之制，下明将来之法，以褒贬而代赏罚，俾夫善人知劝而淫人知惧也。左丘明鲁国史官，受经于孔子，恐七十弟子各生异端，失其大旨，遂以诸国简牍，博采众记而作传焉。其传忽先经以始事，忽后经以终义，忽依经以辩理，忽错经以合异，广记备言，以成一家之通体尔。杜征南不思孔子修经，与《诗》、《书》、《周易》为等列，丘明之传，当与司马迁、班固为等列，岂合将经之年与传之年相附，参而贯之，将令学者素无资禀，纵意自裁，但务声律，罔知古道，将周、孔之圣贤，班、马之文章，皆不由兹制作，靡得而达焉。然皇王帝霸之道，兴亡理乱之体，其可闻乎？遂引证当时以《左传》文为《春秋》者数人，今不具录。休复屡见失其旨归如处士之言者，傥能使《春秋》自为经，《左氏》自为传，则不迷于后生者矣。

苏　推　官

伪蜀子城西南隅有道士开卜肆,言人之生平休咎,皆如目睹。伪蜀广政中,进士苏协、杜希言同往访之。道士谓苏曰:"秀才明年必成名。"苏未甚信之。道士曰:"成固定矣,兼生贵子。"时内馈方孕逼期,因是积以为验。顾杜曰:"秀才成何太晚耶?"杜不乐,以为妄诞,愠而退。明年春,苏于制诰贾舍人下及第,杜果无成。苏过杏园宴,生一子,即易简也,至礼部侍郎、参知政事。杜方悟道士之言,遂再谒之,问名第虽云晚成,未审禄始何年,秩终何地。道士曰:"秀才勉旃,必成大名。然其事稍异,不能言之。"杜生请之,曰:"君成事之日,在苏先辈新长之子座下。"杜曰:"若保斯言,欲辞福禄得乎?"道士曰:"从此以往,未之或知也。"其年,苏授彭州司法参军,改陵州军事推官。圣朝伐蜀,赴阙,累任外官。其子果以状元及第,端拱二年,由翰林学士知举,杜始得成都解南宫,奏名登第,授常州军事推官,不禄。时子弟峤游京师,见杜云:"乡知唯吾友一人见某老成。"遂言老成之始末,故得书之。然死生有命,富贵在天,何道士见之远也。

张　海　上

伪蜀举人张洸,字海上。雍熙丙戌岁,往嘉州谒平羌令。船次平羌溅下,夜泊,忽梦二人,容貌端俨,白衣华焕,于洸前俯伏求救。洸觉,唯闻船栈下跳踯之声不已,视之,乃二鲤鱼焉。洸性躁急,不能容物,怒此鱼挠其寝,遂扶栈取鱼,弃于江中。既而就寝,复梦二白衣持大蒜数头,恳谢而去。迟明,方悟向梦者鱼也。至于平羌,因以梦告平羌令。令曰:"君之梦祥符也。放鱼所感,蒜者算也,当延君算尔。"洸至晚年,著《后隐书》三卷,亦纪梦鱼之事,享寿七十八而卒。

费　尊　师

陵阳至道观主费禹珪,字天锡,文学优赡,时辈所称。伪蜀尝应进士举,名绚,或梦衣锦在井中,觉后自喜曰:"及第衣锦游乡井尔。"他日因与州军事推官苏协论名第皆由阴注,凡举人将历科场,多有异梦。禹珪因言前梦,苏曰:"非佳梦尔。衣锦井中,是文章未显之兆。"费不悦。来春果下第归乡,因告苏曰:"人生百年,有如风烛,止可怡神养志,诗酒寄情,更不能为屑屑之儒,诚有云栖之志矣。"苏曰:"世禄暂荣,浮生如寄,唯登真履道,可后天为期也。某有竖子,虽愚,请教授之。"即参政侍郎也。泊明年,圣朝伐蜀,苏上京历任。至太平兴国年中,授开封府司录参军,不禄。休复尝读医书云:人藏气阴多则梦数,阳壮则梦稀,有梦亦不复记之。夫瞽者无梦,愚者少梦,故驺皂百夕无一梦。乃知梦者习也,又不独至人者哉!顷有一士人能原梦,遂撰一梦请占之,灾祥皆验。他日告云:"吾实无梦,向者梦吾撰也,聊以试君,皆验,何也?"原梦者曰:"意形于言,灾祥随之,何况梦笔梦松者乎?"则知梦者不可以一事推之尔。

冯　山　人

冯山人名怀古,字德淳,遂宁人也。有人伦之鉴,善辩山水地理。太平兴国中,于青城山三蹊路牛心山前看花山后,因卜居,立三间大阁,偃息于中。居常所论,皆丹石之旨,以吐纳导引为事,博采方诀歌颂图记丹经道书,无不研考。每遇往来者,有服饵者,有入室求仙者,有得杂艺者,有能制服诸丹石者,复有夸诞自誉寿过数百岁者,有常与神仙往还者,欲传之者,以方书为要,授之者,以金帛为情,尽皆亲近承事之,虽伎艺无取,皆以礼接之。咸平中,成都一豪家葬父,遍访能地理者,选山卜穴,凡数岁方得之。因令冯看之,冯曰:"陵回阜转,山高垅长,水出分明,甚奇绝也。"主人云:"自葬之后,家财耗散,人口沦亡,何奇绝也如是耶?"山人曰:"颇要言之,凡万物中,人最为灵,受命于天，与物且异，而有贵贱各得其位，如鸟有巢栖，兽有穴处，故无互相夺者也。此山是葬公侯之地，岂常人可处？所以亡者不得安，存者不得宁。《易》曰：'负且乘，致寇至；小人而乘君子之器。'其是之谓乎？"

李　四　郎

李四郎名玹，字廷仪，其先波斯国人，随僖宗入蜀，授率府率。兄珣，有诗名，预宾贡焉。玹举止温雅，颇有节行，以鬻香药为业。善弈棋，好摄养，以金丹延驻为务。暮年，以炉鼎之费，家无余财，唯道书药囊而已。尝得耳珠先生与青城南六郎书一纸，论淮南王炼秋石之法，每焚香熏之，有一桃核杯，围可寸余，纹彩灿然，真蟠桃之实尔。至晚年，末而服之。雍熙元年春，游青城山，于六时岩下溪水中，得一块石，如雁卵，色黑温润，尝与同道者玩之。一日，误坠于地，碎为数片，其中空焉，可容一合许物，四畔皆雕刻龙凤云草之形，文理纤妙，皆甚奇异，殆非人工。或曰：此神仙所玩之物矣。

卷第三

淘 沙 子沙作去声

伪蜀大东市有养病院，凡乞丐贫病者，皆得居之。中有携畚锸，日循街坊沟渠内淘泥沙，时获碎铜铁及诸物以给口食，人呼为淘沙子焉。辛酉岁，有隐迹于淘沙者，不知所从来及名氏。常戴故帽，携铁把竹畚，多于寺观阒静处坐卧。进士文谷因下第往圣兴寺，访相识僧，见淘沙子披褐于佛殿上坐，谷见其状貌古峭，辞韵清越，以礼接之。因念谷新吟者诗数首，谷愕然。又讽其自作者数篇，其诗或讥讽时态，或警励流俗，或说神仙之事，谷莫之测。因问谷今将何往，谷曰："谒此寺相识僧，求少纸笔之资，别谋投献。"其人于怀内探一布囊，中有麻绳，贯数小铤银，遂解一铤遗谷，戴帽将所携器长揖出寺而去。谷后得伪通奏使王昭远礼于宾席，因话及感遇淘沙子之事，念其诗曰："九重城里人中贵，五等诸侯阃外尊。争似布衣云水客，不将名字挂乾坤。"王公曰："有此异人！"遂闻于蜀主，因令内园子于诸街坊寻访之。时东市国清寺街有民宇文氏宅，门有大桐树，淘沙子休息树阴下。宇文颇留心至道，见其人容质有异，遂延于厅，问其艺业，云："某攻诗嗜酒。"言论非俗，因饮之数爵，与约再会。浃旬，淘沙子或到其门，将破帽等寄与门仆，令报主人。其仆忿然，厉声骂之曰："主人岂见此等贫儿耶？"宇文闻之，遽出迎候，愧谢曰："翘望日久，何来晚耶？"即与饮且酣。宇文曰："神仙可致乎？ 至道可求乎？"淘沙子曰："得之在心，失之亦心。"宇文曰："某数年前遇人教令咽气，未得其验，废之已久。"淘沙子曰："修道如初，得道有余，皆是初勤而中惰，前功将弃之矣。世有黄白，有之乎，好之乎？"宇文曰："某虽未尝留心，安敢言不有？安敢言好之？"淘沙子因索铜钱十文，衣带中解丹一粒，醋浸涂之，烧成白金，"此则神仙之艺，不可厚诬之，但罕遇也，有自言者皆妄也。"遽辞而去。翌日凌晨扣门,将一新手帕裹一物云:"淘沙子寄与主人。"宇文开而视之,乃髻发一颗,莫测其由。至日高,门仆不来,令召之,云:"今早五更睡中,被人截却头髻将去。"蜀主闻之,访于宇文,宇文寻于养病院,云:"今早出去不归。"自兹无复影响。休复见道书云:刺客者,得隐形之法也。言刺客若死尸亦不见,每二十年一度易形改名姓,谓之脱难。多有奇怪之事,名籍已系地仙。淘沙子是其流也。

张　道　者

　　伪蜀大东门外有妙圆塔院,僧名行勤,俗姓张氏,人以其精于修行,因谓之道者。早岁南行,中年驻锡,庞眉皓发,貌古形羸,住草屋数间,唯绳床一张,及木棺一所。不从斋请,昼则升床而坐,夜则入棺而卧,衣服未尝更换。人问之,拱默不对,人皆仰其高节,遗之衣服,则转施贫人,与米面盐酪,则受以一大瓶,贮之常满,每斋,则取一抄合而食。三纪偃息自若,不诳流俗。其清尚如此。时齿八十,临终,自拾薪草积于院后,告诸门徒曰:"吾即日行化,希以木棺置于薪草之上,以火爇之,老僧幸矣。"至期,依其教谕,于煨烬中得舍利数十粒,葬于塔中。时有慈觉长老,禅门宗匠也,有《书妙圆塔院张道者屋壁》云:"成都有一张道者,五十年来住村野。只将淡薄作家风,未省承迎相苟且。南地禅宗尽遍参,西蜀丛林游已罢。深知大藏是解粘,不把三乘定真假。张道者,傍沙溪,居兰若,草作衣裳茅作舍。活计生涯一物无,免被外人来措借。寅斋午睡乐咍咍,檀越供须都不谢。沿身不直五分铜,一句玄玄岂论价。张道者,貌古神清不可画。鹤性云情本自然,生死无心全不怕。纵逢劫火未为灾,暗里龙神应叹讶。张道者,不说禅,不答话,盖为人心难诱化。尽奔名利谩驱驱,个个何曾有般若。分明与说速休心,供家却道也烂也。张道者,不聚徒,甚脱洒,不结远公白莲社。心似秋潭月一轮,何用声名播天下。"

大 觉 禅 师

禅师名慈觉,字法天,姓刘氏。自王蜀末游南方,至孟蜀初,归住大觉。禅师性急言速,应答如流,人问一部莲经何者是妙法,师戟其手曰:"教汝鼻塌。"问为甚如此,对曰:"谤斯经,故获罪如是。"伪蜀李相昊尝问道于师,优礼待之。师有《禅客须知集》、《禅宗祖裔图》、阐道歌行偈颂三百余篇,题曰《禅宗至道集》,行于世。

张 平 云

张居士名峤,字平云,学释氏法,人谓之居士。时有勾居士问不拘生死者,愿师直指,答云:"非干日月照,昼夜自分明。"又问:"百亿往来非指的,光明终不碍山河时如何?"答云:"红尾谩摇三尺浪,真龙透石本无踪。"尝撰《参玄录》、《玄珠集》、歌行句偈百余篇,云:"毳流来问我家风,我道玲珑处处通。顷刻万邦皆遍到,途中曾未见人逢。"其仙化三日,口吐气满屋氛氲,有弟子告云:"居士常言:宗门只以眼目为先,不以瑞相为事。居士今日何以如此?"言讫,香气乃绝。

王 居 士

居士王裕,四十余年留心禅学,三蜀丛林,皆尽参遍,学流与之切磋话句,无逃其确论尔。至暮年,示疾于同流曰:"吾期某日行化。"至期,居士有季父为僧,语之曰:"吾为汝作十念。"居士曰:"透满无形,十方无碍,直至无心,未得为了,何况有念者哉?"言讫,奄然而逝。

勾 居 士

勾居士名令玄,蜀都人也。宗嗣张平云,有学人问答,随机应响。著《火莲集》、《无相宝山论》、《法印传》、《况道杂言》百余篇。有《敬礼瓦屋和尚塔偈》曰:“大空无尽劫成尘,玄步孤高物外人。日本国来寻彼岸,洞山林下过迷津。流流法乳谁无分,了了教知我最亲。一百六十三岁后,方于此塔葬全身。”瓦屋和尚名能光,日本国人也,嗣洞山悟本禅师,天复年初入蜀,伪永泰军节度使禄虔扆舍碧鸡坊宅为禅院居之,至孟蜀长兴年末迁化,时齿一百六十三,故有是句。

味江山人

唐末,蜀州青城县味江山人唐求,至性纯悫,笃好雅道,放旷疏逸,几乎方外之士也。每入市,骑一青牛,至暮,醺酣而归,非其类不与之交。或吟或咏,有所得,则将稿拈为丸,内于大瓢中,二十余年,莫知其数,亦不复吟咏。其赠送寄别之诗,布于人口。暮年,因卧病,索瓢,致于江中曰:“斯文苟不沉没于水,后之人得者,方知我苦心尔。”漂至新渠江口,有识者云:“唐山人诗瓢也。”探得之,已遭漂润损坏,十得其二三,凡三十余篇行于世。《题郑处士隐居》云:“闻说最清旷,及来愁已空。数点石泉雨,一溪霜叶风。业在有山处,道成无事中。酌尽一樽酒,病夫颜亦红。”《赠行如上人》云:“不知名利苦,念佛老岷沲。补衲云千片,香焚篆一窠。恋山人事少,怜客道心多。日日斋钟后,高悬滤水罗。”《题青城山范贤观》云:“数里缘山不厌难,为寻真诀问黄冠。苔铺翠点仙桥滑,松织香梢古道寒。昼傍绿畦锄嫩玉,夜开红灶拈新丹。钟声已断泉声在,风动瑶花月满坛。”《赠僧》云:“曾闻半偈雪山中,贝叶翻时理尽通。般若常添持戒力,药叉谁筭念经功。云开晓月应难染,海上孤舟自任风。长说满庭花色好,一枝红是一枝空。”夫草泽间有隐逸得志者,以经籍自娱,诗酒怡情,不耀文彩,不扬姓名,其趍附苟且,得无愧赧唐山人乎!

兰亭会序

昔晋穆帝永和九年暮春三月三日,太原孙统承公、富春孙绰兴公、广汉王彬之道生、陈郡谢安石、高平郗昙熙、太原王蕴叔仁、释支遁道林并逸少子凝之、徽之、操之等，四十有一人修禊之会，羲之为序，兴逸而书之，笔迹遒媚劲健绝代，凡二十八行三百二十四字。唐太宗购得其本，令赵模、韩道政、冯承素、诸葛贞等摹勒，以赐皇太子、诸王近臣。太宗酷好书法，有大王书真迹三千六百张，率以一丈二尺为一轴，得一百五十卷，太宗自书"贞观"二字为印，印缝及卷之首尾。又选贵臣子弟有性识者，以为弘文馆学生，内出书法，命之学习焉。其有人间善书者，并召入馆。由是十数年间，海内靡然，工书翰者众。其王书法帖所宝惜者，独《兰亭序》为最，常置于御座之侧，朝夕观览。贞观二十三年，圣躬不豫，临崩，谓高宗曰："吾欲从汝求一物，汝诚孝也，岂能违吾心耶？汝意如何？"高宗听命。太宗曰："吾所欲得《兰亭》，可将去乎？"高宗哽噎流涕曰："唯命。"奉讳之日，用玉匣贮之，随仙驾送入灵宫。今赵模等所摹者本，往往有好事者收藏得。伪蜀时，吴王遣内客省使高弼通好，持国书于蜀，因献伪皇太子王羲之石本《兰亭》一轴。当时识者议此本是羲之撰序后刻石于兰亭者，伪皇太子攻王书，体法精妙，弼故有是献。伪翰林待诏米道邻侍书于太子，掌书法百余卷，皆是二王法帖、古来名贤墨迹及石本者。洎圣朝伐蜀，其书帖尽归米道邻私家。至乾德中，有鬻彩笺王七郎名文昌，与道邻世旧，道邻因与文昌石本《兰亭》，即吴使高弼献太子者。文昌好博雅，古来名书多收藏之，羲之真书《乐毅论》、《黄庭经》，草书十七帖，晋、魏、两汉至李唐名臣墨迹及石本，皆萃于家。当时与往还好书者，毛熙震、王著、勾中正、张仁戬、黄居实、张德钊、张文懿、史载、滕昌祐、石恪、李德华、陈熙载、僧怀戬乂西尝访之，阅其所藏，终日忘倦。太平兴国初，光禄卿高公保寅即渚宫高氏之后，入川为九州巡检，休复尝谒见之，因得张藻山水一轴，羲之墨迹《兰亭》一轴，注"崇山"二字、"围者乎"三字，皆是赵模、诸葛贞搨者，檀香轴古锦褾，皆烟晦虫蠹，时得与诸贤往复玩之。甲午岁，家藏书画，焚掠迨尽。今蜀中两经寇乱，诸家名书古画，罕得见闻，故备言之尔。

卷第四

家居泰

伪蜀眉州下方坝民姓家氏，名居泰，夫妻皆中年，唯一男，既冠，忽患经年赢瘠，日加医药，无复瘳减。父母遂虔诚置《千金方》一部，于所居阁上，日夜焚香，望峨眉山告孙真人祷乞救护。经旬余，一夕，夫妇同梦白衣老翁云："汝男是当生时授父母气数较少，吾今教汝，每旦父母各呵气，令汝男开口而咽之，如此三日，汝男当愈。"夫妇觉而皆说，符协如一，遂冥心依梦中所教。初则骨木强壮，次乃能食而行，积年诸苦顿愈。后冠褐入道，常事真人无怠焉。

周写貌

伪蜀成都人周元裕，攻写貌。时因避暑于大圣慈寺佛牙楼下，或自长吁，傍有一村人诘其吁叹，元裕答云："某攻写真有年矣。生平薄命，有请召写真者，富室则不类，贫家则酷似，母老供给不逮，故有是叹。"村人因问元裕踪泊之处，良久曰："某有薄土在灵池县，邻村有观，观主欲要写真，嘱我多时，来日诘朝，同来相寻，勿失此约。"翌日，有一道流白皙长髭来求写真，云："夜来邻村门徒话及，特来奉谒。"元裕乃定思，援毫立就，其貌无少差异。道流喜云："门外有一仆，将少相酬。"出门呼之，已失道流踪迹。逡巡蜀城士庶咸言灵池朱真人来周处士家写真，求请真容者，日盈其门，自此所获供侍周赡。观斯灵异，得非有道之士，出处人间，救振贫苦者乎？

丁　元　和

丁元和者，自幼好道，不慕声利，疏傲无羁束，或晴霁，负琴出郊饮酒，杖策逍遥于田亩间。常言祖父长兴元年于遂州，值孟先主，与东川董太尉会兵攻围州城。先是，城中有一贫士曰宋自然，常于街市乞丐，里人不能辨之。至重围中，人皆饥殍，宋亦饿殍于州市，相识者以簞裹埋城下，俟时平焚之。至明年，有遂州驱使吏李彦者，先往潞州勾当，至城破方归，说见宋自然在潞州，告云："君若归州，事须与我传语相识五七家，那时甚是劳烦人。"答以自然于重围中已死。因与发埋处，只见空簞，其间有一纸文字云："心是灵台神之室，口为玉池生玉液。常将玉液溉灵台，流利关元滋百脉。百脉润，柯叶青，叶青柯润便长生。世人不会长生药，炼石烧丹劳尔形。"元和因是学道，深得其用。休复尝读道书《登真隐诀》云：解化之道有八焉，解化之法，其道隐秘，笑道之辈，但见其狼藉乞丐于廛市，以为口实，非其所知。然一度托解，须敛迹他方，屡更名姓，忽逢遇知识，露少踪由，以激后人。非奉道好奇者，孰能采摭其隐显尔。

王　太　庙

伪蜀成都南米市桥有柳条家酒肆，其时皆以当炉者名其酒肆。柳条明悟，人多狎之。偶患沉绵，经岁骨立尸居，俟死而已。有一道士常来赏酒，柳条每加勤奉，因愍其恭恪，乃留丹数粒，且云："以酬酒债。"令三日但水吞一粒，服尽此丹，患当痊矣。柳条依教，初服一粒，疾起能食。再服，杖而能行。终服，充盛如初。有伪太庙吏王道宾者，人皆目为王太庙，本汉州金堂县人也。因知其事，遂恳求柳条取服余者药。以铁茶铛盛水银投丹煎之，须臾，水银化为黄金，因是将丹与金呈蜀主云："此金为器皿，可以辟毒，为玩物，可以祛邪，若将服饵，可以度世。"蜀主问合丹之法，云："有草生于三学山中，乞宰金堂，以便采药。"乃授金堂宰。明年，药既无成，知其得丹于柳条，遂诛之。

休复尝见道书云：未有不修道而希仙艺者，苟或得之，必招其祸，而况诡诈者哉！

刘　长　官

刘长官名蟾，美风姿，善谈论，涉猎史传，好言神仙之事。无子息，夫妻俱五六十，于伪蜀摄成州长道县主簿。圣朝克复，匿于川界货药，改名抱一。开宝中，于青城鬼城山上结三间茅屋，植果种蔬，作终焉之计。每一月两三度入青城县货药，市米面盐酪归山，由是人稍稍知之。或云，有黄白法。一日，有三人冒夜投宿，自携酒果就语，及炉火之事，颇相契合。至夜央，语笑方酣，客曰："知长官有黄白法，可以梗概言之。"长官初则坚拒，客复祈之不已，长官笑曰："某自数年浪迹从师，只得此法，岂可轻道耶？"客曰："某等愿于隐斋效爨薪鼓鞴之役，可乎？"长官辞以师授有时，他日于丈人真君前相传尔。客作色云："今夜须传，勿为等闲。"长官曰："适慕君子同道，相逼如此！"客三人攘臂瞋目眄之，良久曰："某等非君子，是贼也。如不得其法，必加害于君。"于腰间探出短刃，长官与妻惶惧，惮其迫胁，而并法兼奉之残药。三人得之，拱揖而去。长官夫妻晦爽下山，不复再往，因以山居与李谌处士。休复授道于处士，故尽熟其事焉。

陈　损　之

伪蜀王氏时，有郎官陈损之，至孟氏朝，年已百岁，妻亦九十余。当时朝士，家有婚聘筵会，必请老夫妇，以乞年寿为名。至蜀末年，其夫先死。后圣朝克复，至太平兴国中，老妇犹存，仅一百二十岁，远孙息辈住西市造花为业，供侍稍给。有好事者，时往看之，形质尪瘦，状若十二三岁小儿，短发皓然，顾视外人，有同异类，寒暑风霜，亦不知之。休复尝见《神仙传》云：人寿有至一百二十岁，非因修养而致，皆由禀受以得之，则老妇是也。若因修养及得灵药饵者，寿至二百四十岁，加至四百六十岁已上，则视听不衰，而无昏耄。尽其理者，可以不死，但不成仙尔。夫养寿之道，唯不伤而已矣。

史　见　魂

　　史见魂者，蜀人也，名惟传，年七十余，孑然居数间屋于东市，唯以床座张纸钱而已，不知有何法，人皆呼之见魂，蜀人咸敬之。或云：判冥，以称判官。有民姓李者，尝敬重之，因与偕行。至市南勾氏家酒肆前，判官望空相揖。李因诘之，云："有水府人吏在此。"后三日大雨，水潦暴涨，勾氏出城看水，马惊蹶，倒于江中溺死。繇是蜀人愈敬之。休复见道书《真诰》云：有好阴施奉道敬仙者，生授职于阴府，则史公其人与？史公尝与相知称天曹门吏太牺子。愚亦闻有生人判冥者，皆惧人知之，不敢妄泄，此史公又不然，何谓乎？

女　先　生

　　遂州女道士游氏，不记名。太平兴国末，经过成都，游青城及诸仙化。仪质古雅，善谈至道，容貌可二十余，不饮食，云得丹砂之妙。有一叟，髭发皓然，腰脊伛偻，执焚香洒扫之役，侍于女冠之后，常遭叱辱。又有张五经道士名道明，年过四十，亦为女冠侍者，云此女冠者，百二十岁，老侍者乃远孙尔。蜀城士民仰从之，至于纳货求丹，就师辟谷者如市焉。时知府辛谏议仲甫恐其妖，遣出城，任游诸化，犹有师资者随行。经数年，有遂州刘山人到城，休复因话女冠之事，山人笑云："只自那时与张道明于飞，至今见住庚除化。向来老侍者，即女冠之父也。"嗟乎！师问者但存诚敬之，为其所欺如稚孺，得不戒于所惑乎！

李　聋　僧

　　伪蜀广都县三圣院僧辞远，姓李氏，薄有文学，多记诵。其师曰思鉴，愚夫也。辞远多鄙其师云："可惜辞远作此僧弟子！"行坐念《后土夫人变》，师止之愈甚，全无资礼，或一日大叫转变次，空中有人掌其耳，遂瘖。二十余年，至圣朝开宝中，住成都义井院。有檀越请转藏经，邻坐僧窃视之，卷帙不类，乃《南华真经》尔，因与其施主言曰："今之人好舍金帛，图画佛像，意欲思慕古圣贤达，有大功德及于生民，置之墙壁，视其形容，激劝后人，而云获福，愚之甚耶？不思古圣贤达，皆有言行，遗之竹帛，一大时教五千余卷，所载粲然，已不能自取读，究其修行之理，而雇召人看读，亦云获福，益甚愚哉！"时人谓之僧泼伽。

勾　　生

益州大圣慈寺，开元中兴创，周回廊庑，皆累朝名画，冠于坤维。东廊有维摩居士堂，盖有唐李洪度所画，其笔妙绝。时值中元日，士庶游寺，有三少年俱善音律，因至此，指天女所合乐，云是《霓裳羽衣曲》第二叠头第一拍也。其中勾生者，即云："某不爱乐，但娶得妻如抱筝天女足矣。"遂将壁画者项上掐一片土吞之为戏，既而各退归。勾生是夜梦在维摩堂内，见一女子，明丽绝代，光彩溢目，引生于窗下狎昵。因是每夜忽就生所止，或在寺宇中，缱绻迨月余。生舅氏范处士者，见生神志痴散，似为妖气所侵，或云服符药，设醮拜章除之，始得生，父母额之。其夜，天女对生歔欷不自胜，曰："妾本是帝释侍者，仰思慕不夺君愿，托以神契。君今疑妾，妾不可住。君亦不必服诸符药，妾亦不欲忘情。"于衣带中解玉琴爪一对曰："聊为思念之物，君宜保爱之，自此永诀。"生捧之无言酬答，但彼此呜咽而已。既去，生自是日渐羸瘠，不逾月而卒。玉琴爪其家收得，至顺寇时方失之。壁画天女，至今项上指甲痕尚存焉。

卷第五

黎海阳

　　道士黎海阳，其父伪蜀时为军职，天兵伐蜀，海阳随父戍剑门。蜀军溃散，子父遂还，于川城东门外丁村古冢，忽闻冢内有非常香气。一日，因晴明，微隙中见少骸骨朽腐至甚，旁有一窠黄粉，因拨开，乃见三小块雄黄。海阳父颇好烧炼，素知冢内雄黄可用，遂以衣襟裹之。至中夜，忽闻人语，父子问之曰："语者鬼耶？"答云："某非鬼，某宋人也，家世食禄，而某不乐名宦，退身学道于楚丘，有别墅稍远嚣尘，凡五金八石难得者，必能致之。或方法之士欲合炼试验者，必资其药品，给以炉鼎，使成之。时德宗疑韦中令在蜀与蛮人连结，遂令某为道士，入川见中令，伺其动静居止。皇观三年，又遣僧行勤入蜀伺察中令。初以谈议苦空，后说烧炼点化之事，中令历试，一一皆验。凡三年，中令甚诚敬之。或一日说还丹延驻之法，中令愈加景奉。后炼丹既成，中令斋戒饵之，初觉神气清爽，嗜好倍常，僧遂辞去。至贞元二十年暮春，药毒发而薨。某为与行勤往还，遂罹其祸而及此，遭樵夫牧竖，蹂践遗骸，潜坏朽骨，愤愤不已。"海阳父曰："君去世已远，何不还生人中，而久处冥寞？"应曰："某曾遇一高士，以阴景炼形之道传我，遂于我楚丘别墅深山潜谷中，选得一嵌室，嘱我祇持六年，慎莫令诸物所犯，岁满则以衣服迎我于此。其人初则支体毙败，唯藏腑不变。某遂依其教谕，乃闭护之，至期开视，则身全矣，端坐于嵌室之内，发垂而黑，髭直而粗，颜貌光泽，愈于初日。某具汤沐新衣迎之，云能如是三回，乃度世毕矣。某传得此道，今形已不全。某今却自无形而炼成有形尔，则上天入地，千变万化，无不可也。某之形虽未圆，且飞行自在，出幽入明，轩冕之贵，不乐于吾。吾已离人世劳苦，岂复降志于其间。吾今之死，不愈昔之生乎？"海阳父曰："敢问其衣襟中药是何等药?"对曰:"某常从道士入山炼丹,修葺炉鼎,爨薪鼓韛,靡不勤力。每叹光景短促,筋骸衰老,所闻者上药有九转还丹,不离乎神水华池,其次有云母雄黄,服之虽不乘云驾凤,役使鬼神,亦可祛除百病,补益寿年。某得炼雄黄之法,自二十岁服至四十岁,获其药力。苟再以火养,就以水吞,可冀道于仿佛。"海阳父告之曰:"饵药之法,则闻之矣。炼形之道,少得闻乎?"言未毕,值天晓人行,恐有人搜捕,不及尽听,因别卜逃窜之所。自后不复至此。海阳父乾德中卒。海阳遂依其教,服炼雄黄,衣道士衣,寻师访道,二十余年不食,唯饮酒,衣服肌肤,常有雄黄香气。淳化中,在益州锦江桥下货丹,筋骨轻健。甲午岁,外寇入城,海阳不出,端坐绳床,为贼所杀。惜哉!

白　虾　蟆

伪蜀将季,延秋门内严真观前蚕市,有村夫鬻一白虾蟆。其质甚大,两目如丹,聚视者皆云肉芝也。有医工王姓,失其名,以一缗市之归。所止虑其走匿,因以一大臼合于地,至暝,石臼透明如烛笼。王骇愕,遂斋沐选日,负铛挈蟾辞家往青城山,杳绝音耗。洎明年,圣朝伐蜀,竟不知王之存亡也。

鲜　于　耆　宿

学射山旧名石斛山,昔张百子三月三日得道上升,今山上有至真观,即其遗迹也。每岁至是日,倾城士庶,四邑居民,咸诣仙观祈乞田蚕。时当春煦,花木甚盛,州主与郡寮将妓乐出城,至其地,车马人物阗噎。有耆宿鲜于熙者,与朋友数人,于万岁池纵饮,因掬池水,见岸傍草中有一小白虾蟆,遂取之。即席有姓刘,失其名,坚请看之。鲜于固执不与,遂啮鲜于手,取将吞之。鲜于戏之曰:"阁下因吞此白蟾,苟成得道,也只成强盗尔。"吞讫,忙惶饮水云:"虾蟆在某心胸间,无所出处。"昏闷至家,旬余医治方愈。休复曾览《抱朴子》内篇云:肉芝者,谓万岁蟾蜍也。头上有角,目赤,颔下有丹纹,体重而跳捷,以五月五日午时取之阴干，以左足画地成泉，带之辟兵，若敌人射己，弓弩皆反自伤焉。今人以白虾蟆为肉芝，生吞熟啖者，愚之甚也。设使白虾蟆是肉芝，市井之民，但知锥刀之利，嗜欲无厌，藏腑滓秽，苟致其中，则滓秽之气，与灵物相攻，水火交战，宁有全人乎？太平兴国末，休复与处士胡本立、进士史载、诗僧隐峦，往双流县保国观看古柏树，道逢友人袁德隆，从者于担悬一虾蟆，大如扇许，人皆骇视之。后月余，再见袁，因问向者虾蟆所在，袁曰："是荷担者获于田隧中，将归杀而食之，其夜无疾大叫数声而卒。"

食虾蟆野菌

顷有一士人，好食鳝鱼及鳖与虾蟆，尝云：此三物不可杀，大者有毒杀人，虾蟆小者亦令人小便秘，脐下憋疼，有至死者。宜以生豉一大合，投新汲水半碗中，浸冷豉水浓，顿服之即差。淳化中，有民支氏于昭觉寺设斋，寺僧市野蕈，有黑而班者，或黄白而赤者，为斋食。众僧食讫，悉皆吐泻，亦有死者。至时，有医人急告之曰："但掘地作坑，以新汲水投坑中，搅之澄清，名曰地浆，每服一小盏，不过再三，其毒即解。"当时甚救得人。夫蕈菌之物，皆是草木变化，生树者曰蕈，生于地者曰菌，皆湿气郁蒸而生。又有生于腐骸毒蛇之上者，大而光明，人误以为灵芝，食而速死，故书之警其误矣。

虹 蜺

淳化壬辰岁夏六月，虹见，时饷大雨，愚友人李颢元云：虹蜺者，阴阳之精也。虹雄也，蜺雌也。有青赤之色。尝依阴云而昼见，大阴亦不见，日落西，虹乃东见，见必有双。鲜者雄色，淡者雌也。入人家饮水，或福或凶。有陈季和者云：昔韦中令镇蜀之日，与宾客宴于西亭，或暴风雨作，俄有虹蜺自空而下，直入于亭，垂首于筵中，吸其食馔且尽焉。其虹蜺首似驴，身若晴霞状。公惧且恶之，曰："虹蜺者，阴阳不和之气，妖沴之兆也。"遂罢宴。座中一客曰："公何忧乎？真

祥兆也。夫虹蜺者，天使也，降于邪则为戾，降于正则为祥，理则昭
然。公正人也，是宜为祥，敢为先贺。"旬余，就拜中书令。孟氏初，徐
光溥宅虹蜺入井饮水，其母曰："王蜀时，有虹入吾家井中，王先主取
某家女为妃。今又入吾家，必有女为妃后，男为将相，此先兆矣。"未
浃旬，选其女入宫。后从蜀主归阙，即惠妃也。休复母氏常说眉州眉
山县桂枝乡程氏，某之祖裔焉。伯父在伪蜀韩保贞幕，任本州眉山县
令。丁母忧，归村野，服将阕，时当夏杪，天或阴翳，见家庭皆如晚霞
晃耀，红碧霭然。时饷开霁，瓮釜之中，井泉之内，水皆涸尽，时饷大
雨霶霈而已。未几，韩侍中授秦州节制，伯父署节度推官。将知虹蜺
者多为祥矣。

避　雷

至道丙申岁夏五月，俳优人罗袂长有亲戚居南郭井□庄，袂长晨
往访之。时有庄民网获数鱼，袂长取三头贯于伞中，将归，至中路，天
色晦冥，迅雷急雨，林木皆倾，火光烛地。袂长恐鱼是龙也，弃之田亩
中。雷电益甚，惊惧投村舍避之，振栗不能自止。俟其霁方归。来日
迟明，村人将伞与鱼云："夜来庄主差某相寻，恐为雷雨所惊，见雷霹
伞𥥛，取乖龙将去，鱼与伞遭雷火所燎，拾得，今将归焉。"端拱戊子岁
夏六月，暴风雨，雷震圣兴寺罗汉院门屋柱折，有三僧仆于地，身如燔
灼之状。世传乖龙者苦于行雨，而多方窜匿，藏人身中，或在古木楹柱
之内，及楼阁鸱甍中，须为雷神捕之。若在旷野，无处逃避，即入牛角或
牧童之身，往往为此物所累，遭雷震死。俳优为逃而获免，兹僧不避而
震杀。语曰："迅雷风烈必变。"《易》曰："洊雷震，君子以恐惧修省。"言
君子常自战战兢兢，不敢懈惰，见天之怒，畏雷之威，恐罚及己也。《诗》
云："敬天之怒，不敢戏豫。敬天之渝，不敢驰驱。"其是之谓乎？

雨　雹

大中祥符癸丑岁，庞永贤者，寓居广都县。夏四月，日将暮，忽烈

风迅雷，发屋拔树，雨雹继之，达晓方息。诘朝，询诸行人云：雹自县东山横布数十里，西南沿江而下。则更不知其远迩也。雨雹过处，篱墙屋宇林木大者，皆为雹击，雷拔之，牛马犬豕皆惊仆地，鸟鹊小禽中者俱毙。时麦方实，无有孑遗。有一村人云："某家是夜数雹穿屋而落，大如斗，盆瓮锅釜，皆为击破。"其雹所至之处，树木屋瓦，十不存二三焉。夫雹者雨冰也，皆阴阳相胁而成。《左传》曰："凡雹，冬之愆阳，夏之伏阴，圣人在上无雹，虽有，不为灾。"此盖下民当丰稔收成，即便务奢侈，以至于服玩衣装，车马屋宇，违越制度，撒弃五谷，曾无爱惜，上天垂诫以惩之尔。

雉 龙

郭嗤者，忘其名，以其语声高大，因谓之曰嗤。本成都豪族，不事生业，唯好畜鹰鹞，常慕能以鹰犬从禽兽者为伍焉。雍熙中，将鹰犬猎于学射山，鹰拿一雄雉，救之得活。其雉每足有二距，徒侣皆异之，以巾包而负之，觉其渐暖，行一里间如火，徬徨间，俄而阴晦，乃风雷震雹，林木摆簸，不知所归，遂弃雉于涧下，奔及至真观避之。时雨如注，中宵方霁，不胜其惊。因尔时有范处士者，闻其说，即云："雉者龙也，龙为五虫之长，无定形，寄居十二位，为鸡猪牛马之属，斯龙为雉服也。自贻其患，苟无风雨之变，亦难逃鼎俎尔。"

李 老

袁氏不记名，人皆目为袁野人。尝居广都县庄。时盛暑，有一老人衣白诣袁庄求见袁，及席，谓袁曰："某李氏，家于此县之南，特来有托于君子，愿君悯宥，当有厚酬。"袁亦不甚诺之，但宽勉而已，且留食水饭咸豉而退。后三日，因暴雨溪涨，庄民举网，获一鲤鱼，可三尺许，鳞鬣如金，拨剌不已。袁呼童就机割之，腹有饭及咸豉少许。袁因悟李老者鱼也，且曰："李老虽灵，固难逃吾之一醉尔。"或云：虫莫智于龙，彼鱼神龙也。若斯变化，安有难而难逃哉？如是则智有所困，神有所不及耶？吁，迍难困厄，凡圣与龙蟠蠕皆一时，免与不免，何得异哉？

慈　母　池

慈母池亦云滋茂池，去永康军入山七八十里，池水澄明，莫测深浅。每至秋风摇落，未尝有草木飘泛其上，或坠片叶纤芥，必有飞禽衔去之。每晴明，水面有五色彩，如舒锦焉。或以木石投之，即起黑气，雷电雨雹立至。或岁旱，祭祷无不寻应。休复曾见道门《访龙经》：水有五色及沙在石上者，皆是龙居之处也。

龙　女　堂

益州城西北隅有龙女祠，即开元二十八年长史章仇公兼琼拔平戎城，梦一女曰："我此城龙也，今弃番陬，来归唐化。"后问诸巫，其言不异，寻表为立祠，锡号会昌。祠在少城，旧迹近扬雄故宅，每旱潦祈祷，无不寻应。乾符中，燕国公高骈筑罗城，收龙祠在城内。工徒设板至此，骤有风雨，朝成夕败，以闻于高公。公亦梦龙女曰："某是西山龙母池龙君，今筑城，请将某祠置于门外，所冀便于往来。"公梦中许之，及觉，遂令隔其祠于外，而重茸之，风雨乃止，城不复坏焉。继之王、孟二主，甚严饰之，祷祈感应，封睿圣夫人。天禧己未岁，自九月不雨至庚申岁二月，寺观诸庙祷祈，寂无影响。知州谏大夫赵公积躬诣其祠冥祷，未至，郡甘泽大澍达旦，属邑皆告足。是岁丰登，民无札瘥，遂奏章新其祠宇焉。

卷第六

悼 蜀 诗

《左传》曰："天灾流行，国家代有。"益部淳化甲午岁，盗起邛蜀，围逼城垒，主帅素无御备，遂奔剑门，贼乘势入城，烧掠杀伤至甚，坤维间凡数十军州，悉为贼之所有，唯眉、陵、梓、遂，坚壁自守。贼据益郡凡百日，天兵至，戮无遗类，军旅所过，皆为荆棘。朝廷除枢密直学士、尚书、虞部郎中张咏知益州。始至，察民疾苦，洞知乱起之由，因为《悼蜀诗》四十韵，今备录之。序云："至道纪号元祀春正月，为审官院考绩引对，天子曰：天厌西蜀，岁且荐饥，任失其人，枉政偷剥，民兴怨嗟，构孽肆暴。授命虎旅，殄灭凶逆。矧彼黔首，不聊其生，观人安民，朕意罔怠。宽即育奸，猛即残俗，得夫济者，实其人尔。惟方直历政有绩，邛僰幽遐，往理其俗，克畏克爱，汝其钦哉。祗奉厥命，乘轺西征。夏四月二十有八日，供厥职。噫！谋箅庸陋，罔敢怠忽。豪猾抑之，赋敛乃省。存恤穷困，招绥流亡，杜绝剥削，宣扬皇风，迨一岁而民弗克安，非郡县之罪，偏将之罪也。有听者孰不知民心上畏王师之剽掠，下畏草孽之强暴乎？良家困弊，渐复从贼，庶赊其死，深可恋也。天子远九重，孤贱者惮权豪不敢言。鸣呼！虽采诗之官，阙之久矣。然歌咏讽刺之道，不可寂然。咏敢作《悼蜀诗》四十韵，书于视政之厅，有识君子，勿以狂瞽为罪。""蜀国富且庶，风俗矜浮薄。奢侈极珠贝，狂佚务娱乐。虹桥吐飞泉，烟柳闭朱阁。烛影逐星沉，歌声和月落。斗鸡破百万，呼卢纵大噱。游女白玉珰，娇马黄金络。酒肆夜不扃，花市春惭作。禾稼暮云连，纨绣淑气错。熙熙三十年，光景倏如昨。天道本害盈，侈极必祸作。当时布政者，罔思救民瘼。不能宣淳化，移风复俭约。性情非直方，多为声色著。从欲窃虚誉，随俗纵贪攫。蚕食生灵肌，作威恣暴虐。佞罔天子听，所利唯剥削。一方

忿恨兴,千里攘臂跃。火气烘寒空,雪彩挥莲锷。无人能却敌,何暇
施击柝。害物黩货辈,皆为白刃烁。瓦砾积台榭,荆棘迷城郭。里第
锁榛芜,庭轩喧燕雀。斗粟金帛市,束刍绮罗博。悲夫骄奢民,不能
饱葵藿。朝廷命元戎,帅师荡元恶。虎旅一以至,枭巢一何弱。燎毛
焰晶荧,破竹锋熠爚。兵骄不可戢,杀人如戏谑。悼耄皆罹诛,玉石
何所度。未能戮强暴,争先谋剽掠。良民生计空,赊死心殒获。四野
构豺狼,五亩孰耕凿。黔首不安堵,炎如居鼎镬。出师不以律,余孽
何由却。俾夫炽蜂虿,寡算能笼络。边陲未肃清,胡颜食天爵。世方
尚奔竞,谁复振謇谔。黄屋远万里,九重高寥廓。时称多英雄,才岂
无卫霍。近闻命良臣,拭目观奇略。"

艾 延 祚

　　成都漆匠艾延祚,甲午岁,为贼所驱,于郡署令造漆器。五月六
日,或闻鼓鼙声,及南门火起,乃天兵至郡也。延祚因上树匿于秋叶
间,见天军往来,搜捕杀戮。至夜,遂下树,于积尸中卧。至中宵,闻
传呼,颇类将吏,有十数人,且无烛炬,因窃视之,不见其形,但闻按据
簿籍,称点姓名,僵尸闻呼,一一应之,唯不唱艾延祚而过,僵尸相接,
犹检阅未已。乃知圣朝讨叛伐逆,屠戮之数,奉天行诛,故无误矣。

夷 人 妇

　　甲午岁五月,天兵克益郡。至八月,贼支进犹据嘉州,宿崇仪翰
领兵讨之。军次洪雅,有卒掠获一夷人妇,颇有姿色,置于兵幕之下,
每欲逼之,云自有伉俪,则交臂叠膝,俯地而坐。军人怒,许其断颈剖
心,终而不能屈,坚肆强暴,拒之转甚,三日不饮食,以死继之,竟不能
犯以非礼。主帅闻而悯之,使送还本家。嗟乎!虽蛮夷而能坚贞,强
暴者不能侵侮之,华夏无廉洁者,得无愧乎?

张光赞

张光赞者，金水石城山张罗汉之裔也，以其善画罗汉，因以名之。每于寺观妆画功德，多历春夏，随僧饮食。其性谨悫守道不移，如是五十余年，人皆敬重之。甲午岁，为贼所执，迫令引颈，凡数剑而颈不断，遂于积尸中卧。至夜央，见一老僧曰："汝生平妆功德用心，吾来救汝。"言讫开目，无所苦焉。至今颈上剑痕犹在。吁，西方圣人，恩祐明显，有若是之征邪？

金相轮

《北梦琐言》云：咸通中，高太尉镇西川雅州胡芦关，有道艺王剑者，渤海闻其名，俾蜀人吕尚致意召之。吕至，王生夫妇止一草屋，有一榻以箔隔限之。姬曰："客至以何待之？"王曰："州中都押衙，今日有筵会，可去取之。"俄而酒馔俱至，品味罗列，非匆遽之所能致也。量其家去郡往来不啻百里，吕怪愕，王生笑曰："云南蛮王曾铸金相轮，祈我赉换成都福感寺塔上相轮，蜀人安得知之。"当时敬之者十有六七焉。洎淳化五年，狂盗入城，兵火沿焚，福感寺塔相轮坠地，完全俱是铜铁所为，非蛮王金换之者。盖王剑寓言，孙氏传闻不细尔。

金宝化为烟

蜀州江源县村甿王盛者，凶暴人也，与贼王小波、李顺为侣。甲午岁，据益州，授草补仪鸾使，部领子弟百余人。虏掠妇女，剽劫财帛，杀人不知纪极。驱迫在城贫民，指引豪家收藏地窖，因掘得一处古藏，银皆笏铤，金若墨铤，珠玉器皿之属，皆是古制。寻将指引者杀之，负其金帛三十余担，往江源山窖埋之。同埋者寻亦杀之，恐泄于外也。城中货金银魏氏子妇被虏，在于贼所，不知音耗。其夫常募人访于邛蜀贼境，寂无影响，至三月，方知在此贼家。良人及第谢元颖者,将金帛购之,二人亦沉于江中。八月,大军收蜀,此贼归明,衣锦袍银带入城,见者无不切齿。先是归明者例发遣赴阙,贼遂弃袍带逃归江源。妻子告云:埋藏物处,数日火烟如窑。遂潜往掘看,悉皆空矣。惊愕之际,官军捕获入城,遂置于法。呜呼! 杀人取财,冤毒滋多,不为己用,身遭屠戮,向来火烟起处,金宝已空。愚常闻金宝藏于地中,偶见者或变其质,此得非化去耶? 鬼神匿之耶?

奢 侈 不 久

甲午岁,顺寇攻益部,有不逞辈,随贼执兵杖,劫掠民家财货,又附贼害民,诛求无厌。天兵平贼,下宽大之诏,应胁从徒党,皆宥而不问,放令归农。此辈苟避诛戮,又多金帛,乃荡心炽意,自以为终身不复羁绁也。乘肥衣轻,歌酒娱乐,玩好珍异,丧葬婚聘,逾越僭侈,视亲若雠。如是不十数年,炎厉疾疫,公私争讼,相继而作,财物稍尽,车马屋宇,皆为他人所有,其贫如初。嗟乎! 不义之物,似有神明所掌,得之者不罹其祸而身获存者鲜矣。夫善人富谓之天赏,淫人富谓之天殃。此辈天以殃之,其是之谓乎?

刘 旰

至道丁酉岁秋八月,诸州巡检作坊使韩景祐至怀安军,为其下广武卒刘旰等谋杀之,韩逾垣而免。是夜军贼掠怀安军,及明,取金堂古城,入汉州。凡六日,行五百余里,劫掠五军州十镇县,所至处皆不及支捂。驱掠军民,势莫可遏,州县震慑,户口奔逃。时知府张密学□谓招安使上官正曰:"贼今日邛州,来日必奔嘉、眉州,贼若有盘泊处,如鱼得渊,卒难除讨,君必悔之。今日请即往,移兵渡江,逆而击之,夺其胆气,当尽擒之。此上策也。时不可失。"上官遂点集兵甲前去。过新津江,遇贼食于方井,驰告张密学。张曰:"刘既入井,更欲何逃?"日中,以捷来告,尽杀其党凯旋。且张公料敌先见,皆此类也。上官能将其兵,是行也,易于摧枯,川界由是肃然。

卷第七

哀亡友辞

咸平庚子岁正元日，神卫卒杀主将，窃据益郡。四月，天军来讨，至城下，贼拒天军，驱胁老幼以乘城。天军埋以环城，昼夜攻击，城内死伤且甚。其贼求取供须器用，钱帛珠金，民不聊生。九月二十日，大军入城，贼众宵遁。主帅念其城中民庶，备历艰危，虑玉石俱焚，遂使招诱出城安抚之。初，城内百姓，为贼据城，皆携挈老幼，出城投村墅逃避者，十六七焉。有出城却被军贼搜捉，缧系入城诛戮者。有役于城上，犯其暴法者。有穷于输给，遭其毒酷者。有胁而不从，为其杀害及受棰楚者。有痛心疾首，忧郁愤闷，成疾而死者。有与贼为伍，献谋附势，扼喉撞心，取其贿赂者。有终日逃避，以至城陷，竟不睹贼锋者。夫如是者，命非天耶？天非命耶？前进士张及有《哀亡友杨锡辞》，前进士彭乘有《郝逢传》，今具其事迹及录其辞传，非止杨锡、郝逢而已，庶后之人览之，得无伤叹叛君残民之事若是哉！《哀亡友辞》序云：亡友杨锡，字孝隆，诚至之士也。昔与赵郡李畋、蜀郡任玠、南阳张逵洎及结文学友，咸治经义于乐安先生，悉潜心于六教，然后观史传，遍百家之说，探奥索微，取其贯于道者。既积中而发外，遂下笔著文，其撰论，考贤士节夫之动静，明古今沿习之废置，纪绩义之大小，辨适用之邪正，不虚美，不隐恶，庶达乎心志之所冀也。日执是道，以出身入仕，俾其抱策书而不愧怍，持言行以符会同，十五年未始一日而忘此也。亡友居吾群中，尤为静退者。盖不徒为进以希名苟誉，速售其身，诚俟乎乡贤里能，拜书献于春官氏。不幸去岁盗贼窃据城邑，亡友即日忧懑成疾，莫能远遁。及复避地于西山，不得与亡友言别，每念迹虽离而心同，室在远而迩，意其与终合而成前志也。至王师讨平凶丑，我虽归正，友则愤极而死矣。冢嗣始孺，又且夭矣。

呜呼！亡友业已著而未伸，命何艰而至此，身既殁而嗣亡，地仍僻而知寡。彼苍何司使辅善疾恶者，罹戾若是之甚耶！愿表其懿行，录其遗文，同三友入关，示儒林豪杰，必推而知之，少赎永恨，今姑为辞，舒交情之悲尔。曰：予取交之得朋兮，接群居之及义。不殒获于少贱兮，耻喧呶于声利。炳旧史之远目兮，饫六经之正味。议班纪之九流兮，广刘书之七志。既积中之发外兮，幸入官以莅事。将结绶之弹冠兮，匪君翔之于坠。何贼卒之妖兴兮，据藩服之城垒。君岂适远之无所兮，奈病来之难起。我徂西山兮，不与子别。或出处兮，其心曷异。凶丑之长然，诚会合之密迹。洎王师之讨平兮，闻吾友之已矣。燕雀啁啾兮，辽鹤幽病。豺狼噬啮兮，骓虞愤死。嗟庆绪之不续兮，复嗣子之随踬。徒呼天之云亡，故使其秀疾而神驶志。愿表其文行兮，示广场之豪士。冀知子之若然兮，俾德之无愧。今空抑哀以摛辞兮，报亡友之终始。

郝　逢　传前进士彭乘撰

郝逢，字致尧，成都人。幼好学攻诗，性柔而惰，或谓其性懦非能立事，常欲求乡荐，未克，属盗起于境，资产略尽，迫寒喂而无忧叹。咸平中，蜀掌兵者失律，兵乱，为贼盗杀守臣而据郡，自春徂秋，驱老幼以守城。或献谋于贼，令尽索郡中书生署职，俾立效，凡得数十辈，列兵而胁曰："不从者即此诛戮，仍及其族。"皆震慑而从。逢前给贼帅曰："公所索儒士，某非儒，岂可徼禄？不能从命。"词气刚愤，不可屈挠。贼怒，令引去，临刃复召者三，词皆如初。会解于贼楔楚而释之。既获免，遂匿于家。天兵至，逆党歼夷，或闻于郡守，将上其事而中止。逢亦不复言，居贫自若。噫！当是时，有位者尚或苟命，而逢一士尔，能致命贼所，不陷非义，彼固禄衔势，私于身以媚时，得无愧乎？逢贫处晦迹，混于俗而人不甚知，噫！人名存诚岂易知乎？逢居州里，皆以为怯懦，洎乱而能尔，始明其所履焉。是时无他虑也，去就而已，去为顺，就为逆，去难而就易，能为其所难，志以守正，是亦几乎智勇也。夫忠烈节义，何时无之，然晦于无闻，在遇不遇尔。使越石父不遇晏子,则一拘因尔,聂政非其姊则无名暴夫尔。其遇,千钧之重,不遇,鸿毛之微。然不可欲其遇而始为也,谓不遇而不为也。兰生深林,不以无人而不芳,君子不以困穷而改节。苟有善,虽不我知,斯善矣,岂止蒙其庆乎? 苟不善,虽不我知,斯恶矣,岂止罹其殃乎?《易》曰:"井渫不食,为我心恻王明,并受其福。"又曰:"荷校灭耳,凶。"其是之谓乎? 若逢所履,虽曰未闻,吾必谓之闻矣。故为声其实,亦得有所劝焉。

陈 季 和

伪蜀进士陈熙载,字季和,文学之外,书画之尤者,皆阅而识之。郡中好事之家,所宝藏者,多经其目,真伪无所逃焉。受均贼署配连州,岁余,或有乡人西来,因寓书云:"某在家日,于某处埋一铁投壶瓶,实以铜钱,书若到家,可使令掘之。"既而书至,遂于所言处掘得一铁投壶瓶,其中唯见一龟,才容壶腹之内,无能出之。翌日取看,即不见龟,但空壶而已。夫物之所化,史传尤多,不可以智达也。

鬻 屦 妪

庚子岁,益部军贼据城,大军在北门外,厮起洞子,近城攻击,矢石如雨。中坝街有王妪,年七十余,孙儿十四五岁,为贼驱之守城,妪日自送食饮。忽一日,贼集诸妓乐于瓦屋禅院门,妪倚树坐看。一贼直来妪前,背身箕踞,妪叱之不去,仍恶骂之,其人如不闻。妪忿然退身,须臾,城外一炮飞空而落,傍击此贼,头碎于地。如无此贼,则妪正中之也。城陷日,唯残妪一身。今九十余,既老且病,冻馁切骨,织草屦自给。常告人云:"城闭之日,若遭炮石击杀,不见今日贫苦,何不幸若此耶?"夫死生有命,子夏言人不可逾也。凡人贵贱贫富,遭逢祸福,有幸与不幸。颜子少亡,子曰不幸。短命之称为不幸,则知长命为幸也。鬻屦妪贫而寿,叹为不幸,惜哉!

盲　女

庚子岁,天兵讨益部,贼突围宵遁。主帅愍城中民,使招诱出城,大军方入搜捕。及平定后,尽令归家。南市渠中有一盲女,年七八岁,叫云:"父耶母耶,兄耶嫂耶,何处去?不供给我饮食也。"其盲女为饥渴所逼,不知无家,但怨呼父母兄嫂,且夕不辍。有一邻妇云:"此孙氏女,三岁因患麸豆入眼,父母怜其聪慧,常教念佛书,鞠养甚厚。父死于输给不迨,母死于忧愤,嫂因供给役夫,中流矢而毙,兄城陷而不知存亡。更无亲戚。"观者痛心洒涕。经旬,或遇邻妇,问盲女存亡,邻妇云:"盲女不接他人饮食,但悲号叫呼其亲,水饮不入口,苏而复绝,七日而卒。因悯而拾余烬者,材而焚之,于盲女衣中获白金一两,遂鬻之以供僧画像焉。"呜呼!城陷日似此者多矣,独书盲女者,言虽鄙,意有激焉。夫家富财饶,则礼义兴矣,财苟不足,则礼义俱废,盖人之常情也。当是时也,民家财物罄空,窘迫尤甚,岂谓邻妇独能拾余烬之材,焚烧盲女,复于女衣中获金,不为己用,与盲女供僧画像,奇哉邻妇!能于困穷窘迫之际,存诚如是,故特书之,且今之见利忘义者,不为斯邻妇之罪人乎?

铁　骨　鱼

于生名玄,字玄之,成都人也。庚子岁,遇贼据城,谓愚曰:"某家资图籍皆不顾,所宝唯一刀尔。"开房令愚视之。于昏黑处见光芒丈余,细辨之,乃刀也。因问所得之处,云:"某故父于伪蜀制诰贾舍人下及第。是年冬,游青城回,至温江县,泛舟而归。见百花潭侧渔人钓获鲤鱼一双,长尺余,买之归家。时当寒沍,暖酒炙鱼,且御凝冱。食鱼弃骨,侍婢云:一鱼骨黑,乃铁也。使匠辨之,真铁尔。遂炼成此刀。今遭厄难,陷在贼中,城破之日,刀与人孰存?此刀先丧,吾亦丧矣。吾若先丧,不知刀归谁氏。此刀非常,宜见赏,他日为吾善志之。"于生于贼中忧愤而卒。城陷日,家遭焚掠,其刀果不知存亡。因叙其言以记之。

卷第八

瑞 牡 丹

大中祥符辛亥春，知益州枢密直学士任公中正张筵赏花于大慈精舍。时有州民王氏，献一合欢牡丹，任公即图之，时士庶观者，阗咽竟日。且西蜀自李唐之后，未有此花，凡图画者，唯名洛州花。考诸旧说，谓之木芍药，牡丹之号，盖出于天宝初。按《酉阳杂俎》云：隋朝文士集中无牡丹歌诗。又《隋朝种植法》七十卷，亦无牡丹者。至伪蜀王氏，自京、洛及梁、洋间移植，广开池沼，创立台榭，奇异花木，怪石修竹，无所不有，署其苑曰宣华。其公相勋臣，竞起第宅，穷极奢丽。时元舅徐延琼，新创一宅，雕峻奢壮，花木毕有，唯无牡丹。或闻秦州董城村僧院有红牡丹一树，遂赂金帛令取之，掘土方丈，盛以木匣，历三千里至蜀，植于新宅。花开日，少主临幸，叹其屋宇华丽，壮侔宫苑，遂命笔书孟字于柱上。俗谓孟为不堪。明年，后唐吊伐，孟知祥自太原驰赴蜀，即知其先兆矣乎？伪通政王宗裕亦于北门清远江东创一亭，台榭池塘，骈植花竹，泉石萦绕，流杯九曲，为当时之甲也。唯牡丹花初开一朵，王与诸亲属携妓乐张宴赏其初开者，花已为一女妓所折，王怒，欲诛之，其妻谏曰："此妓善琵琶，可令于阶前执乐就赏。"王怒稍解。其难得也如此。至孟氏，于宣华苑广加栽植，名之曰牡丹花。外有丽春，与黎州所有者小不同尔。

寓 孔 雀 书

愚友人左侍禁辛贻显为容、宜、廉、白等州巡检，因寄一孔雀雏。西南相去万里，蜀人固未尝睹之，诚可爱也。书云：所属郡邑山中多孔雀焉。雌者尾短无金翠，雄者尾大而绿，光翠夺目。孔雀自爱其尾，欲栖息，必先择致尾之地。南人捕者，先施网罟，须俟甚雨，尾沾而重，不能高翔。初为所擒，则雀欲展其翅，恐伤其尾，至死尚爱护之。土人有活取其尾者，持刃于丛篁幽阒处，藏蔽其身，伺其过，则急断其尾。若不急断，回首一顾，即金彩无复光翠，故生者为贵也。为妇人首饰及扇拂之类。或生擒获者，饷馈如京、洛间鹅雁，以充口腹，其味亦如之。南海有一士人，尝养一只，仆夫告云："蛇盘孔雀，且恐毒死。"士人急令救之，其仆回，但笑而已。士人怒之，其仆告曰："蛇与孔雀偶，有得其卵者，使鸡抱伏即成，其名曰都护。初年生绿毛，二年生尾，生小火眼，三年，生大火眼，其尾乃成矣。"孔雀每至晴明，轩翥其尾，自回顾视之，谓之朝尾。须以一间房，前开窗牖，面向明方，东西照映，向里横一木架，令栖息。其性爱向明，不在地止泊。饲之以米谷豆麦，勿令阙水，与养鸡无异。每至秋夏，令仆夫于田野中拾螽斯蟋蟀活虫喂饲之。凡欲喂饲，引于厅事上，令惯见宾客。又盛夏或患眼痛，可以鹅翎筒子，灌少生油，以新汲水洗之。如眼不开，则擘口餤之小鱼虾，不尔饿损。及切荠少许餤之，贵其凉冷，如食有余则愈。切不可与咸酸物食，食则减精神，昏暗毛色。驯养颇久，见妇女童竖彩衣绶带，必逐而啄之。或芳时媚景，闻丝竹歌吹之声，必舒张翅尾，眄睐而舞，若有意焉。

滕　处　士

滕处士昌祐，字胜华，攻书画，今大圣慈寺文殊阁、普贤阁天花瑞像额，处士笔迹也。画花竹鸟兽，体物象形，功妙，格品具名画录。处士所居州东北隅，竹树交阴，景象幽寂，有园圃池亭，遍蒔花果，凡壅培种植，皆有方法，及以药苗为蔬，药粉为馔。年八十五，书画未尝辍焉。厅壁悬一大粉板，题园中花草品格名目者百余件，亦有远方怪草奇花，盖欲资其画艺尔。园中有一柿树，夏中团坐十余人，敷张如盖，无暑气。云柿有七绝，颇宜种之。一，有寿；二，多阴；三，无禽窠；四，无虫蠹；五，有嘉实；六，本固；七，霜叶红而堪玩。有一盆池，云初埋大盆，致细土拌细，切生葱酒糟各少许，深二尺余，以水渍之，候春初掘取藕根粗者，和颠三节已上四五茎，无令伤损，埋入深泥，令近盆底，才及春分，叶生，当年有花。夫藕有四美，根为菜，花为玩，实为果，叶为杓具。此四美，池沼亭槛之前为瑞草，萍蘋藻荇，不得与伴也。园中有慈竹藂生，根不离母，故名之慈也。有钓丝竹，以其弱梢低而垂至地也。有丝竹，叶细而青，茎瘦而紫，亦谓之墨竹。有对青竹，身黄色，有一脉青，节节相对，故谓之对青也。有苦竹，叶秾多阴，笋高之时，粉香箨翠。有桂竹，扶疏藂茂，潇洒亭台，无出此数君也。俗以五月十三日种竹，多遭烈日晒干。园中竹以八月社前后，是月天色多阴，土润，竹以此月行根也。凡欲移竹，先掘地坑令宽大，以水调细土作稀泥，即掘竹，四面凿断大根科，连根以绳绹定，舁时勿令动著根须间土，舁入坑，致泥浆中，令泥浆周匝遍满，乃东西摇之，复南北摇之，令泥浆入至须间，便以细土覆之，勿令土壅过竹本根也。若竹稍长者，芟去颠叶，缠竹架之，恐风摇动即死。每窠相去二尺余，不须实廞，只以一脚踏之，来年生笋速也。宜于园东北软土上种之，竹性多西南行。根不用频浇水，水多则肥死。园中有梨名车毂，围一尺，摘时，先以布囊盛之，落地即碎。有金桃，深黄，剖之，至核红翠如金，味美为桃之最也。有林檎，色如玉，向阳处有朱点如缬，颗有重四两者。其栽果法，以冬至后立春前，斫美果直枝，须有鹤膝大如母指者，长可二尺已来，札于芋魁中，掘土令宽，调泥浆，细切生葱一升许，搅于泥中，将芋块致泥中，以细土覆之，勿令坚实，即当年有花，来年结实，绝胜种核接果树法。凡欲接果，先得野树子酸涩不美者，如臂已上，皆堪接也。然后寻美果枝，选隔年有鹤膝向阳者，枝长不过二尺，过则难活。至时剪下，便札于萝卜中，欲不泄其气也。冬至后十日立春前十日，其野树皮润，萌芽未发，是其时也。将野树以锯截，令去地五七寸，中心劈破，深二寸许，取美枝，或一枝，或两枝，斜剡，勿伤青皮，插于野树罅中，外与野树皮相齐等，紧密用牛粪泥封之，与笋箨苞裹。其接处以麻纻缠定，上更以黄土泥搭头裹之，勿使雨水透入。或有野树傍生芽叶，即取去之。若依此法，则当年有花必矣。休复尝依其教，而树树皆成，则不喻其野树子实酸涩，鹤膝枝甜美，接酸涩树上，为酸涩之气所推，又焉得遂于甜美耶？树之元气，反不能推小枝而与之俱酸涩,何也? 所谓本不胜末,而物性难解欤? 今之人但荫其枝叶,食其美实,而不求其酸涩所推耶?

好　画　虎

灵池县洛带村民郝二者,不记名。尝说其祖父以医卜为业,其四远村邑,请召曾无少暇。画一孙真人,从以赤虎,悬于县市卜肆中,已数岁。因及耄年,每日颙坐瞪目观画虎,终日无倦,自兹不见画虎则不乐。孙儿辈将豆麦入城货卖,收市盐酪,如不协其意,则怒而诟骂,以至杖挞之,若见画虎,则都忘前事。人有召其医疗,至彼家,见有画虎,即为之精志。亲戚往还,亦只以画虎图幛,为饷遗之物。如是不数年间,村舍厅厨寝室,悬挂画虎皆遍。乡党皆以画虎所惑,有老兄见其耽好,怪而责之曰:“汝好此物何谓乎?”答云:“常患心绪烦乱,见之则稍间焉。”因是说:“府城有药肆养一活虎,曾见之乎?”曰:“未也。”因拜告其兄,求偕至郡。既见后,顿忘寝食,旬余方诱得归。自兹一月入城看虎再三矣。经年唯好食肉,以熟肉不快其意,则啖生肉,凡一食,或猪头,或猪膊,食之如梨枣焉。如是儿孙辈皆恐怯,每入城看活虎,孙儿相寻见,则以杖击回。至孟蜀先主建伪号之明年,或一日夜分,开庄门出去,杳无踪迹。有行人说夜来一虎跳入羊马城内,城门为之不开半日,得军人上城射杀,分而食之。其祖父不归,绝无耗音,则化为虎者是也。遂访诸得虎肉食者,获虎骨数块,将归葬之。

葭萌二客

伪蜀末,利州路有二客,负贩杂货,往葭萌市鬻之。山程巇崄,竹树荒凉,时雨初霁,日将暮,去市十五里余,蓁林高树上有人云:“虎过溪来,行人回避。”二客惶忙,选得一树高枝叶蔽人形处登之。逡巡,有二虎迭来攫跃,或作人声曰:“人在树上。”一虎曰:“我须上树取之。”虎欲相及,二客悸栗,以拄杖撺之。虎叫曰:“刺着我眼。”遂下树号呼而逸。至曙,行人稍集,遂下树。赴葭萌市征之所,有一妇报云:"任拦头夜来醉归,刺损双眼,不来检税。"二客相顾私语,众怪而问之,因说夜来以拄杖撘损虎眼,是斯人伪为虎而劫路耶?众言此处近有二虎,且暴,四远村庄犬彘驹犊,逮将食尽。市人遂相率持杖往拦头家验之。才及中路,遇一虎。虎畏人多,惶怖奔逃,越山哮吼而去。众至任拦头家,窥其篱隙之内,但见拦头保形而坐,两目流血,呻吟不已。众乃叱之,以杖击笆篱,其拦头惊忙跟跄曳一尾突门而出,目无所见,撞落深坑,吼怒拿攫,为众人棒及大石毙之,遂舁入市。向先见者虎,即拦头妻也。休复见史传人化为猿、为鱼、为鳖、为龟、为蛇、为虎之类甚多,不可以智诘之矣。

虎 化 为 僧

武都人姓徐,失其名,以商贾为业。开宝初,往巴、蓬兴贩。其路危峡,猿径鸟道,人烟杜绝,猛兽群行,村甿皆于细路中设槛阱以捕之为常矣。时徐至一村安泊,中夜报云机发。村人炬火照之,见一老僧困惫,在阱中,自陈曰:"夜来入村教化回,误落槛中,望诸檀越慈悲解救。"村甿辈共愍,开槛而出之,跃跳数步,成一巨虎,奋迅腾踯而逝。斯畜也,以人言诱喻村甿,得脱其难,亦智矣。

李 吹 口

永康军,太平兴国中虎暴,失踪误入市,市人千余叫噪逐之。虎为人逼,弭耳瞲目而坐,或一怒,则跳身咆哮,市人皆颠沛。长吏追善捕猎者李吹口,失其名,众云:"李吹口至矣。"虎闻,忙然窜入市屋下匿身。李遂以戟刺之,仍以短刀刺虎心前,取血升余饮之。休复雍熙二年成都遇李,因问向来饮虎血何也?李云:"饮其血以壮吾志也。"又云:虎有威如乙字,长三寸许,在胁两旁皮下,取得佩之,临官而能威众,无官佩之无憎疾者。凡虎视,只以一目放光,一目看物,猎人捕得,记其头藉之处,须至月黑掘之尺余,方得如石子琥珀状,此是虎目精魄沦入地而成，琥珀之称，因此，主疗小儿惊痫之疾。凡虎须，拔得者，将札虬牙，无复疼痛。凡虎伤者人衣服器杖，乃至巾鞋，皆摺叠置于地上，倮而复僵，盖虎能役使所杀者人魂也。凡为虎伤死及溺水死者，魂曰伥鬼。凡月晕虎必交也。凡虎食狗必醉，狗，虎之酒也。凡虎不伤醉人。顷有村夫入市醉归，临崖而睡，有虎来嗅之，虎须偶入醉者鼻中，醉者大喷嚏，其声且震，虎惊跃落崖而毙。此事皆闻李吹口者。

卷第九

天　仓　洞

医人张世宁，先为僧，名法晕，师事绵州雪山院僧晓枢者，郴人也。禅观之暇，颇好烧炼。太平兴国初，令法晕及行者柴汉荣、张保绪，往昌明县窦船山采药。入山百余里，岩谷重深，松竹翳蘙，寻流霞山路，至一村，曰张野人家。老父及妪皆八十余，既见法晕等，语之曰："前有天仓洞，某为孩孺时，有二客去游，言洞中见自然肴馔，皆可食之，汝可去游。唯路径危峻，当宜勉力。"法晕遂挈火负粮入洞。初甚隘崄，后渐高广。迤逦昏黑，因执炬而行。或上或下，凡十余里，渐明，与人世无异。嵌窦石室，广容百人。其下坦平，两畔石壁钟乳流溢垂下，长三四尺，时闻鸣籁音韵，石床茶灶相连。就之略憩。或觉馁思酸馅食，面前寻有一双酸馅，悚惕惊异而食之。保绪亦思蒸饼，亦如前有之，遂食一枚，藏一枚。柴汉荣思蜜，亦如前。得食之后，皆忘饥渴，渐觉身体轻利登陟，无困惫。又行三四里，阻一大江，江傍履迹果核，如有人行遇之处。对岸有石墙，遥望云霞隐映，甍栋楼阁，棕楠花果，景象幽奇，如宫观状，微闻钟磬之韵，水急苔滑不敢过。乃稽首曰："下士微贱，形骸滓秽，窃入洞府，仰窥灵迹，是尘劫因缘。"不敢久住，却寻旧径而回。既出得洞，先藏者蒸饼化为石甚重，击之如铜声。休复尝见道书云：大凡灵山洞府，若非道书标记者，不可造次游历。有龙蛇之洞，多腥秽，鬼神之洞，门高阔，若神仙之洞，隘狭仍须有水隔碍，凡人不可妄造之尔。

鬻　龙　骨

蜀有蚕市，每年正月至三月，州城及属县循环一十五处。耆旧相传古蚕蕞氏为蜀主,民无定居,随蚕蕞所在致市居,此之遗风也。又蚕将兴以为名也,因是货蚕农之具,及花木果草药什物。有鬻龙骨叟,与孙儿辈将龙骨齿角头脊之类,凡数担,至暮,货之亦尽。因问所得之处,云:某住灵池县分栋山。山去府城七十余里,北连秦、陇,南接资、泸,山阜冈岫之间,碛洞土穴之内,有能兴云雨之处,即有龙蜕骨焉。齿角头足皆有五色者,有白如锦者,有年深朽腐者,大十数丈,小三五丈,掘而得之甚多。龙之蜕骨,与蝉蜕无异。又闻龙有五苦,谓生时、眠时、淫时、怒时、蜕骨时也。每年秋夏中一两度,愚遥见分栋山上,阴云勃起,其间一物,白色拖尾,及夭蛴入云,如曳练,长七八十尺,时灈锦江桥上千人纵观,食顷,方拏奋而没,旋有暴雨滂沱,雷震数声,倏忽开霁,得不为蜕骨者龙乎?因蚕市有王仲璋得一蛇蜕,长五六尺,腹甲下有四爪如雀之爪。胡本立得一龟,小如钱,绿色,背有金线,界成八卦象。郑伯广得一小瓢子,如垒两皂荚子,坚实重厚,无有及者。休复亦曾得芝本两层,抱石而生。每蚕市,好事者凌晨而往,忽有遇神仙者,或有遇灵药者,或有遇奇物者,耆艾相传,青城山仙人隐士多因蚕市接救人尔。

试 金 石

开宝初,锦江桥侧有周处士者,鬻十香丸,以白器贮水,浸小石子百颗余,各有文缕,如飞禽走兽,花草云凤、僧道之形者,人常聚观叹赏之。中有一石,如肾形乌润,每将磨金,次色者益紫,以此为异。玉工见之,云:“非试金石,乃黑玉尔。”后有道士见云:“非黑玉,是宝也。若欲验之,以常石对秤,此石重加数倍。以水银涂其上,如傅粉焉。若以大火烹之,成紫磨金,君当富矣。”周曰:“安敢火烹,非恶富也,恐丧吾宝。”后经贼乱,不知石之所之。休复因见道门《仙人照宝经》云:凡有金之处,旁熏树木,皆悉黄色。若要辨之,其石乌润,以水银揩之,自然粘著石上。以秤秤,有金者重于常石数倍。若敲磕及碝击,终不能碎。须以大火烹煅,得真金矣。其金号曰宝金,将炼为金液还丹,服之羽化,非世之常金也。昔道士所言,得于此经乎?

僧繇阁

茂州近威戎军有僧繇阁，山路巇嵚，人烟杜绝。高冈之下，有龛豁如堂奥，石壁上有画观音像一躯，及当时画功德主少长五人。其石壁年深，随势剥落，虽风雨飘润，形状愈明，岁月经久而不昏晦。不知其画何得入石，亦不知僧繇何以至此也。

石　像

新都县四众院僧有卧像一躯，盖生于石，手足头面，衣纹纤介，青黄色隐起，状若雕刻，岂知胚混偶然成形乎？

采枸杞

华阳邑村民段九者，常入山野中，采枸杞根茎货之，有年矣。因于紫山脚下见枸杞一株甚大，遂厮之，根本怪异，不类常者，长尺余，四茎如四足，两茎如头尾，若一兽形。持归村舍，家狗吠之不已。至夜，四隅村落群狗聚而吠之，终夕不辍，不堪其喧也。迟明，妻怒，将充朝爨，群狗乃不复吠矣。休复见道书云：枸杞、茯苓、人参、薯药、尤等形有异者，饵之皆获上寿，或除嗜欲，啬神抱和，则必有真灵降顾，接引为地仙尔。

赵公山

淳化癸巳岁冬十月，青城山民往赵公山采薪，遇数苗薯药，颇大于常者。村人度其下必大有薯药，遂与妻子同掘之。深三尺余，但见根须抱一大瓷合。遂揭开视之，有一大赤蛇如烂锦，盘结合内。村人悸栗，以锄触之，蛇乃翻然化一雉，飞入溪水中，合内唯余一只石簪。村人持归山舍，其夜，一室如昼。村人转惧此物异常，送与庄主。明年,值顺贼作乱,不知此簪所存。

鹿 水 溪 蛇

陵州籍县鹿水溪村民康化者,雍熙乙酉岁秋,有牧童晚归值雨,见溪中有大蛇引小蛇,蟠蜿屈曲于泥中,自大至小,曳泥上岸,入一穴内,至末者曳泥室其穴口,并无踪由。其童惊骇,目瞪口禁不能言。至前春启蛰时,方稍语得。父母问其不语之由,方说溪中所见之物矣。

鱼 化 为 石

青城县渔者李克明钓归,倾其鱼于竹器中,有一鱼化为石,长四寸许,鳞鬣灿然若活。渔人妇见而爱之,将与竖子为戏。其竖子将石鱼于碗水中,或摇鬣振鳞,浮泳而活。渔者惊异,取出置土甖中。因是邻里求观者众,在水则活,离水则为石,率以为常。时巡辖柏舍人虚舟取此鱼看,敲之中断,致于水中,不复活矣。

赵 十 九

赵十九名处琪,陷银花衔镫为业。淳化中,收得一铁镜,颇有异常时。有毕先生者,名藏用,字隐之,年九十余,然不知所修之道。尝饮酒少食,自言本天台山道士,入川儒服三十余年,备历蜀中名山胜景。一日,与处琪赍铁镜访愚茅亭玩之。其镜可重一斤以来,径七八寸,鼻大而圆,绕鼻有四象八卦,外有大篆二十四字,背面皆碧色,每至望夜,光明愈于别夜。毕先生于景德中携至阙下,值上封泰山,因从观大礼,得召见称旨,遂与披挂,赐紫服,号通真大师,封香令于青城山焚修,御诗送行。到川日,访愚茅亭,问其铁镜,已在贵人之处矣。

景 山 人

玉垒山人景焕有文艺，善画龙，涉猎经史，撰《野人闲话》《牧竖闲谈》。住川城北隅，数亩园蔬，家族数口，丰俭得中。山人情性温雅，守道俭素，未尝与人有毫发之竞，对人无老少，必先称名。雍熙年初，有富家王仲璋者，求山人画龙。初甚爱重，后有人云："景山人画格品低于孙位、黄筌。"遂将染为皂。山人闻之，曰："何不速言？"酬以好绢，恭谢而退。尝使小仆挈帽随行，遇雨，寻仆不见，冒雨而归。妻问何不戴帽，衣服濡湿，山人云："亢阳祈雨，不许人戴帽。"其妻使婢送金钗还邻家，婢中路遗之，泣告山人，因他处假金钗令还邻人。山人尝于婢仆辈知其乏困饥寒，诚谓君子不虐幼贱。山人园圃中养二班鹅，婢夜见鹅粪中有光明，往告之，山人令以水淘之，获麸金二两余。吁！谁谓天盖高，何惩恶劝善如反掌耶？

弹 鸳 鸯

章子朋者，善书勒大字，妙放小弩弹丸，发无不中，常自衔其能。至道丙申岁，往嘉州书僧院额，自州乘船，所至处弹获飞禽，供同船人食。至青神县，维舟见二鸳鸯，因发弹毙雄者，将归烹之。其雌者随至其船，见雄者在锅，不顾沸汤，投其中，伸颈鼓翼，长叫数声而卒。子朋戏曰："人之为偶者，如此蹈汤赴火相随。"如是以为笑乐。《左传》谓忍人者，其章子朋之谓乎？

蚕 馒 头

新繁县李氏，失其名，家养蚕甚多。将成，值桑大贵，遂不终饲而埋之，鬻其桑叶，大获其利，将买肉面归家造馒头食之，擘开，每颗中有一蚕。自此灾疠俱兴，人口沦丧。夫蚕者灵虫，衣被天下，愚氓坑蚕获利，有此征报尔！

太 子 大 师

后唐大同三年,魏王统军克蜀,孟先主尚庄宗妹福庆长公主,自太原节度驰赴西川。至明宗晏驾,宗室丧乱,朝士奔窜。有新罗僧携庄宗诸子为僧,入蜀投孟主,即福庆长公主犹子也。因为起院,以庄宗万寿节为名额,蜀人号为太子大师。暨圣朝吊伐,入见阙庭,有小师宗莹,酷好为诗,其师自京归,检校其院,隳残迨尽。宗莹与院主元亮设谋,闻于时政,以其师后唐宗裔,不合住川,由是为所奏,发遣赴阙。大师忧恚,卒于剑门,元亮与大师同日暴亡。宗莹因顺贼入城,焚烧院宇,寄食诸寺,中风恚,二三年间,患疮疥狼狈,终亦自缢而死。呜呼!不畏于天,不孝于师,能无及此乎?

卷第十

孙　处　士

　　孙处士名知微，字太古，眉州彭山人也。因师益部攻水墨僧令宗俗姓丘氏。知微形貌山野，为性介洁，凡欲图画道释尊像，则精心率意，虚神静思，不茹荤饮酒，多在山观村院，终冬夏方能周就。尝寓青城白侯坝赵村，爱其水竹重深，嚣尘不入，冀绝外虑，得专艺学。知微画思迟涩无羁束，有位者或求之不动，即绝食托疾而遁。导江县有一女巫，人皆肃敬，能逆知人事。知微素尚奇异，尝问其鬼神形状，欲资其画。女巫曰："鬼有数等，有福德者，精神俊爽，而自与人交言。若是薄相者，气劣神悴，假某传言，皆在乎一时之所遇，非某能知之也。今与求一鬼，请处士亲问之。"知微曰："鬼何所求？"女巫曰："今道途人鬼各半，人自不能辨之。"知微曰："尝闻人死为冥官追捕，案籍罪福，有生天者，有生为人者，有生为畜者，有受罪苦经劫者。今闻世间人鬼各半，得非谬乎？"女巫曰："不然。冥途与人世无异，苟或平生不为不道事，行无过矩，有桎梏及身者乎？今见有王三郎在冥中，足知鬼神之事，处士有疑，请自问之。"知微曰："敢问三郎鬼神形状，欲资所画。"俄有应者曰："今之所问，形状丑恶怪异之者，皆是魍魉辈。神者一如阳间尊贵大臣，体貌魁梧，气岸高迈，盖魂魄强盛，是以有精爽。至于神明，非同淫厉之鬼尔。"知微曰："鬼神形状，已得知矣。敢问鬼神何以侵害于生人？"应者曰："鬼神之事，人皆不知。凡鬼神必不能无故侵害生人。或有侵害者，恐是土木之精，千岁异物，血食之妖鬼也。此物犹人间之盗贼，若无故侵害生人，偶闻于明神，必不侵害，亦不异盗贼之抵于宪法尔。若人为鬼所害者，不闻乎为恶于隐者，鬼得而诛之，为恶于显者，人得而诛之乎？"知微曰："明神祷之而求福，有之乎？"应者曰："鬼神非人实亲，于德是依，皇天无亲，亦惟德而是辅。凡有德者,不假祷祈,神自福之。若素无德行,虽勤祷之,得福鲜矣。"知微曰:"今冥中所重者罪在是何等?"应者曰:"杀生与负心尔。所景奉者,浮图教也。"知微曰:"某之后事,可得闻乎?"应者曰:"祸福之事,不可前告。神道幽秘,弗许预知也。"知微曰:"今欲酬君,君欲希我何物?"应者曰:"望君济我资锱数百千贯。"知微辞之,应者曰:"所求者非世间铜铁为者,乃楮货尔。"知微乃许之。应者曰:"烧时慎勿使著地,可以薪草荐藉之,向一处以火爇,不得搅剔其钱,则不破碎,一一可达也。"遂依教燔纸钱数百千贯。噫,昔汉世已前,未知幽冥以何为赂遗之物尔?

黄 处 士

黄处士名延矩,字垂范,眉阳人也。少为僧,性僻而简。常言家习正声,自唐以来,待诏金门,父随僖宗入蜀,至某四世矣。琴最盛于蜀,制斫者数家,惟雷氏而已。又云:雷氏之琴,不必尽善,有琴瑟徽者为上,金玉者为次,螺蚌者亦又次焉。所以为异者,岳虽高而纮低,虽低而不拍面,按之若指下无弦吟,振之则有余韵。非雷氏者,筝声绝无琴韵也。处士尝言:隋文帝子蜀王秀造千面琴,散在人间,故有号寒玉、韵磬、响泉、和志者。琴则有操、引、曲调及弄,弦则有歌诗五曲,一曰《伐檀》,二曰《鹿鸣》,三曰《驺虞》,四曰《鹊巢》,五曰《白驹》,盖取诸国风雅颂之诗,声其章句,以律和之之谓也。非歌诗之言,则无以成其调也。本诗之言而成调,非因调以成言也,诸诗皆可歌也。咸平中,知州冯公知节召孙知微画,俾处士弹琴,二公俱止僧舍。尝会愚茅亭,进士张及赠之诗曰:"二公高节厌喧卑,同寄萧宫共展眉。玉树冰壶齐品格,野云皋鹤本追随。泉流指下何人赏,岳峭毫端只自知。绻恋贤侯美风教,故山归去尚迟迟。"祥符壬子秋,告归乡里,遗愚养和一法。是年冬,病卒,年八十。其乐天知命者欤?

程　先　生

　　程先生名贲，字季长，自号丘园子，江阳人也。世习儒，少孤力学，立身介洁，跬步一言，必循礼则。虽家童稚子，应对进退，不逾规矩。先生尤嗜酒，复喜藏书，自经史子集之外，凡奇诀要录，未尝闻于人者，毕珍收之，亦多手写焉。其间复混以名画古琴，瑰异雅逸之玩，无所不有，虽年齿已暮，而志好益坚，目游简编，未少暂息。每谓所知者曰："余五十年简册铅椠未尝离手。"其勤至也如此。尝撰《太玄经义训》，功未就，寝疾而卒，年七十有四。《易》曰："不事王侯，高尚其事。"其是之谓乎？

杜　大　举

　　杜鼎昇，字大举，形气清秀，雅有古人之风，鬻书自给。夫妇皆八十余，每遇芳时好景，出郊选胜偕行，人皆羡其高年逸乐如是。进士张及赠之诗曰："家本樊川老蜀都，世家冠剑岂寒儒。笔耕尚可储三载，酒战犹能敌百夫。僻爱舜琴湘水弄，每县孙画醉仙图。孟光语笑长相逐，唤作梁鸿得也无。"尝手写孙思邈《千金方》鬻之，凡借本校勘，有缝折蠹损之处，必粘背而归之，或彼此有错误之处，则书札改正而归之。且曰："使人臣知方则忠，使人子知方则孝。"自于《千金方》中得服玉泉之道，行之二十年，获筋体强壮，耳目聪鉴，每写文字，无点窜之误，至卒方始阁笔。服玉泉法，去三尸，坚齿发，除百病。玉泉者，舌下两脉津液是也。但能每旦起坐，瞑目绝虑，叩齿二七通，漱令满口，乃吞之，以意送至脐下氻海，一七遍，经久自然如流水沥沥下坎涧之声，如此则百脉和畅。所以《黄庭经》云："玉池精水灌灵根。"又曰："漱咽灵液灾不干。"其是之谓乎？

任　先　生

　　任先生名玠，字温如，蜀人也。学识广博，人皆师仰之。大中祥符初,乐安公中正镇蜀日,请先生于文翁石室,大集生徒,讲说六经,以绍文翁之化,由是蜀中儒士成林矣。大中祥符末,集贤谏大夫凌公策莅蜀,闻先生之名,表荐于上,诏入京。先生进《龙图纪圣诗》一千韵,酬以汝州团练推官。三让,辞官表云:伏念臣早年发白,悲老态之遽臻;触事心阑,觉死期之将至。乞授一子官。蒙圣恩与子偕任醴泉主簿。天禧元年,欲就居嵩山,般家之蜀,因与乡人前秦州陇城主簿张逵中行,秩满归川,二人同访愚茅亭。观旧题之处云:"昔日高年有道之士,今已物故,未逾一纪,故友将尽,我虽存也,余生几何?"先生留一绝于亭壁曰:"聚散荣枯一梦中,西归亲友半成空。惟余大隐茅亭客,垂白论交有古风。"天禧二年,先生游宁州,卒于旅舍。扬子《法言》曰:"通天地人曰儒。"诚哉!是天地间万类中唯人最灵,然愚蒙者万,而贤智者一,处贤智而志于道者,复几何人?如任先生者,可谓通天地人而知命守道者也。

谭 居 士

谭居士名仁显,成都人也,以医为事。居郡城东南隅,所居庭庑篱落间,遍植草药,年高而精神愈壮。无喜怒,故毁誉不能动其心。手持数珠,常诵佛经于闾巷聚落中。治病所得钱帛,随即分授于贫者,竟以不言,但行阴施默益之道。每行药,至午方归,则闭户靠壁,瞑目而坐。大中祥符乙卯冬,示疾,端坐而逝,时齿一百八。未化前,人问居士有长生法,对曰:"至于导养得理,以尽性命,百年犹厌其多,况久生之苦乎?"

小 童 处 士

童处士名益,字友贤,因兄能画,相学习而顿悟,若生而知之。大凡性有巧拙,画无古今。蜀未归命圣宋已前,有张、杜二人,善画佛像罗汉,有张南本画人物车马,黄伯鸾花雀竹石,李昇山水,李文秀写真,自往及今有童君,与前辈不相下也。童君于海云山寺画慈氏如来十六罗汉，大圣慈寺三学院《楞严经》变相，玉局化龙虎君，二十四化神仙，天庆观龙虎君，圣祖殿岳渎神祇，所有神仙侍从，向背低昂，无遗其势者，鸟兽洪纤，树石山水，无遁其形者。而又笔踪遒健，天机俊逸。九曜院写张侍郎真，精神气韵，如出素壁之前，时推妙手。张侍郎在任日，俾童君画鲍倩五禽图，于五势之间，各写侍郎真在其中。侍郎展开曰："老夫山野，岂堪图之。"因是优礼待之。祥符中，于愚茅亭图水石六堵，谓愚曰："时辈皆云，弹琴非是乐，写真非是画，是耶非耶，请为言之。"愚对曰："《春秋左氏传》：晋侯观于军府，见钟仪，问曰：'南冠而絷者谁也？'有司对曰：'郑人所献楚囚也。'使税之，召而吊之，再拜稽首，问其族，对曰：'伶人也。''能乐乎？'对曰：'先父之职官也，敢有二事。'使与之琴，操《南风》。杜预注云：伶人，乐官也。岂不谓琴为乐乎？南齐谢赫论画有六法，一曰气韵生动，二曰骨法用笔，三曰应物像形，四曰随类傅彩，五曰经营位置，六曰传移摸写。其写真者，于画六法中一法尔，岂不谓之画乎？若只以画人头面而已，岂曰尽善。若只以写真擅名，不亦寡乎？譬诸膳夫和羹，醢醢盐梅，以烹鱼肉，齐之以味，阙一不可。今国朝取士，于诗赋策论，阙一者不中其选也。则知君子之道，贵乎全也。画与学虽殊，功用奚异，君其全乎？"童曰："益虽不敏，请事斯语矣。"

茅亭客话后序

　　《茅亭客话》虽多纪西蜀之事，然其间圣朝龙兴之兆，天人报应之理，合若符契，验如影响。至于高贤雅士，逸夫野人，稀阔之事，升沉之迹，皆采撷当时之实，可以为后世钦慕儆戒者，昭昭然足使览者益夫耳闻目见之广，识乎迁善远罪之方。则是集之作也，岂徒好奇尚怪，事词藻之靡丽，以资世俗谈噱之柄而已哉？盖亦有旨意矣。此集自先祖太傅藏于书笥，仅五十余载，而世莫得其闻也。余因募工镂板，庶几以广其传，尚冀将来好古博雅君子，幸无以我为诮焉。时钜宋元祐癸酉岁季夏中浣日，西平清真子石京序。

历代笔记小说大观总目

汉魏六朝

西京杂记（外五种） 〔汉〕刘歆 等撰 王根林 校点

博物志（外七种） 〔晋〕张华 等撰 王根林 等校点

拾遗记（外三种） 〔前秦〕王嘉 等撰 王根林 等校点

搜神记·搜神后记 〔晋〕干宝 陶潜 撰 曹光甫 王根林 校点

世说新语 〔南朝宋〕刘义庆 撰 〔梁〕刘孝标注 王根林 标点

唐五代

朝野佥载·云溪友议 〔唐〕张鷟 范摅 撰 恒鹤 阳羡生 校点

教坊记（外七种） 〔唐〕崔令钦 等撰 曹中孚 等校点

大唐新语（外五种） 〔唐〕刘肃 等撰 恒鹤 等校点

玄怪录·续玄怪录 〔唐〕牛僧孺 李复言 撰 田松青 校点

次柳氏旧闻（外七种） 〔唐〕李德裕 等撰 丁如明 等校点

酉阳杂俎 〔唐〕段成式 撰 曹中孚 校点

宣室志·裴铏传奇 〔唐〕张读 裴铏 撰 萧逸 田松青 校点

唐摭言 〔五代〕王定保 撰 阳羡生 校点

开元天宝遗事（外七种） 〔五代〕王仁裕 等撰 丁如明 等校点

北梦琐言 〔五代〕孙光宪 撰 林艾园 校点

宋元

清异录·江淮异人录 〔宋〕陶毂 吴淑 撰 孔一 校点

稽神录·睽车志 〔宋〕徐铉 郭彖 撰 傅成 李梦生 校点

困学纪闻 〔宋〕王应麟 撰 栾保群 田松青 校点

齐东野语 〔宋〕周密 撰 黄益元 校点

癸辛杂识 〔宋〕周密 撰 王根林 校点

归潜志·乐郊私语 〔金〕刘祁 〔元〕姚桐寿 撰 黄益元 李梦生
　　校点

山居新语·至正直记 〔元〕杨瑀 孔齐 撰 李梦生 庄葳 郭群一
　　校点

南村辍耕录 〔元〕陶宗仪 撰 李梦生 校点

明代

草木子(外三种) 〔明〕叶子奇 等撰 吴东昆 等校点

双槐岁钞 〔明〕黄瑜 撰 王岚 校点

菽园杂记 〔明〕陆容 撰 李健莉 校点

庚巳编·今言类编 〔明〕陆粲 郑晓 撰 马镛 杨晓波 校点

四友斋丛说 〔明〕何良俊 撰 李剑雄 校点

客座赘语 〔明〕顾起元 撰 孔一 校点

五杂组 〔明〕谢肇淛 撰 傅成 校点

万历野获编 〔明〕沈德符 撰 杨万里 校点

涌幢小品 〔明〕朱国祯 撰 王根林 校点

清代

筠廊偶笔 二笔·在园杂志 〔清〕宋荦 刘廷玑 撰 蒋文仙 吴法源
　　校点

虞初新志 〔清〕张潮 辑 王根林 校点

坚瓠集 〔清〕褚人获 辑撰 李梦生 校点

柳南随笔 续笔 〔清〕王应奎 撰 以柔 校点

子不语 〔清〕袁枚 撰 申孟 甘林 校点

阅微草堂笔记 〔清〕纪昀 撰 汪贤度 校点

茶余客话 〔清〕阮葵生 撰 李保民 校点